「女」のはなし

久世光彦

河出書房新社

「女」のはなし　目次

装画　上村一夫
装丁　櫻井久（櫻井事務所）

「女」のはなし

夾竹桃の花咲けば

生まれてから三、四歳のころまで、私は姉とその学友たちの小さくて柔らかな玩《おも》具《ちゃ》だった。姉は大正十五年生まれで私より九歳上だったから、そのころは小学校の高学年から女学校へ通い始めのころだったろう。姉たちが帰って来る時刻になると、母は私を抱いて門の前に立つ。駅の方から二、三人ずつやって来る顔見知りの子たちに声をかけていると、やがて紺のセーラー服の姉たちのグループが大きな欅《けやき》の木の道まで張りだしている歯医者の角を曲がって現れる。母が小さな私を高く抱き上げて合図する。駆け寄った少女たちは奪い合うように私を次々に抱きとっては頬《ほお》ずりするのである。それは毎日きまった時刻に訪れる少女たちの嵐《あらし》だった。紺サージの堅い肌触《はだざわ》りと、少女から別の少女に受け渡されるときに鼻をくすぐるセーラー服の胸のスカーフの柔らかさを、私はいまでも覚えている。おしゃれな少女たちが毎日丹念にかけたのだろう、彼女たちの胸はアイロンの焦《こ》げくさい匂《にお》いがした。

私は一応迷惑そうな顔をしてみせたというが、決して不快ではなかった。玩具にされ弄《もてあそ》ばれるのが嫌《きら》いではなかった。むしろ彼女たちのひとりひとりを区別して媚《こ》びていた記憶さえある。クスコと呼ばれていた子は腕の中で暴れてみせるとかえって喜んで強く抱きしめてくれた。パーという子は鼻や唇《くちびる》に触ってやるとくすぐったがって高いきれいな声でよく笑った。それは私の夕暮れの愉《たの》しみだった。だから、雨が降るとつまらなかった。風邪をすぐひく子供だったから、雨の日は外へ出してもらえなかったのである。少女たちの嵐は晴れた日の日暮れにだけ訪れる不思議な、甘い嵐であった。

学友たちに手を振って別れ、一歩家の中に入ると、姉はついさっきまでと人が変わったように私に素っ気なかった。流しに弁当箱を出し、手を洗うとさっさと二階に上がってしまう。母は夕飯の支度に台所へ立つ。ほんの一時前《いっときまえ》までの小さなアイドルは突然孤独になる。孤独になって金木犀《きんもくせい》の窓で本を読みはじめる。そんなとき、きまって読むのが昼のうちに姉の本箱から持ち出してあった少女小説だった。口絵にさっき私を抱きしめ頬ずりしてくれた少女たちとそっくりの女の子が、花を一輪その細い指にからめてうつむいている。たまには髪を肩の辺りまで垂らした子や、首の後ろで束ねてリボンで結んだ子もいたが、たいていは昭和十年代の少女たちがみんなそうだったように、きれいに切り揃《そろ》えたおかっぱ頭だった。毎日、日暮れに可愛《かわい》がってもらっていたから、私はそんな少女が大好きだった。いまに大きくなってその子たちがもっと喜ぶことをしてあげようと、こっそり心に決めていた。だから、少女小説のかわいそうなヒロインたちの数奇な運命に、容易に親身になることができた。わずか三、四歳で、私は『毬《まり》の行方』とか『紅薔薇《べにばら》白薔薇《しろばら》』『君よ知るや南の国』『嵐《あらし》の小夜曲《セレナード》』など当時の少女小説の完璧《かんぺき》な読者であった。

しかし自分でも不思議なのだが、その年齢で私は本当にそれらの小説の文字が読めたのだろうか。子供のくせに生意気にやたら漢字を読むと親類中で評判だったのは事実のようである。あのころの新聞や小説本にはほとんど漢字にルビが振ってあったから、意味はともかくとして読むだけならばそれは可能だったかもしれない。三歳にして四書五経を諳《そら》んじる神童が昔はいたというから、それに比べればさほどの不思議ではないのかもしれない。それに、兄の持っていた少年小説よりも姉の少女小説の方が私には読みやすかった。高垣眸《たかがきひとみ》や山中峯太郎《みねたろう》を読みはじめたのはそれから二、三年後、つまり五、六歳になってからだったと思う。スリルやサスペンスよりも、私には甘いセンチメンタリズムの方が快かった。血よりも涙の方が好きだったし、男っぽい波瀾《はらん》万丈には何となくついて行きにくいものを感じたのに、風に舞う木の葉のように弄ばれる可憐《かれん》な少女の運命はそのまま素直に受け入れられたのである。私はもしかしたら、ときどきページから目を上げて小さなため息さえ洩《も》らしていたのではあるまいか。秋ならば、窓の金木犀の香りに誘われてうっすらと涙していたのかもしれない。気味の悪い話である。

　気味の悪い話のついでに言ってしまえば、そのころの母の鏡台を、私はよく覚えている。姿見ほどに背は高くなかったが、それでも帯を結びながら母がよくその前に立っていたから、鏡の丈は三尺近くはあったのだろう。外出前に帯締めを口に咥《くわ》え、ちょっと体を斜《はす》にひねって鏡に映る自分の姿を見ている母を私は好きだった。それに母がよそ行きの着物に着替えるときは、傍《そば》にいていい匂いがするので、私はわざわざ絵本を持って母の足元に座り込み、本を読むふりをしながら、着物の前を合わせるときに起こる小さな風の中に、微《かす》かな香料と化粧品の匂いを気持ちよく嗅《か》ぎとっていた。母は小柄《こがら》だったから、鏡台の鏡の中にその姿がちょうど具合よく収まった。私が四歳だったとすれば、母はそのころ三十九歳、まだ十分若かったし、相応にきれいだったようにも思う。母にしてみれば、わずか三、四歳の男の子が傍で着替えを見ていたところで、気にもとめなかったに違いないが、私の方は、鏡台を前に横座りに座った母の、はだけた襦袢《じゅばん》の衿《えり》から覗《のぞ》くしっとりと白い肌を、嬉《うれ》しく眺《なが》めていたのである。と言うと嫌《いや》らしく聞こえるが——嫌らしいには違いないのだが——猥褻《わいせつ》というのとは幾分異なっていたような気がする。私は、羨《うらや》ましかったのである。きれいな着物を着て、前髪に鏝《こて》をあて、いい匂いの白粉《おしろい》をつけて鏡に姿を映している〈女〉というものが、羨ましかったのである。女姉妹《きょうだい》ばかりの中で育った男の子に、そんな話をよく聞くが、私の家は父と母、姉と兄、そして私というバランスのとれた家族構成だったのに、私は、少なくともそのころの私は、鏡の中の〈女〉に憧《あこが》れていたのだった。これも少女小説の影響だろうか。

　鏡台には抽《ひ》き出しが五つついていた。左側に縦に並んで二つ、真ん中に幅の広い大きなのが一つ、すぐその上に櫛《くし》を入れておく薄いのが一つ、そして右側のは底が深くて化粧水の罎《びん》が並んで入っていた。鏡台の上には白い半紙が敷いてあって、鉛筆皿のようなものと、ガラス製の白粉入れがその上に置いてある。皿にはペンシル型の眉墨《まゆずみ》と紅筆が数本、白粉入れの蓋《ふた》を開けると白い兎《うさぎ》の毛のようなフワフワしたパフがあって、私はこれが大好きだった。左の抽き出しの上段は、鏝とか毛抜きとか爪切《つめき》り、それに何種類かのヘアピン、紙鑢《かみやすり》にネットなどが雑然と入っている。下の段はクリームの罎が重ねて幾つも入れてあるので、この抽き出しは開けるのに重かった。ウテナクレームというのが肌に合っていたのか、母が持っていたのはほとんどがウテナクレームだった。私は長いこと〈ウテナクリーム〉だと思っていたのだが、あるとき向田邦子と昔の話をしていたらたまたまそんな話題になり、彼女が、あれは〈ウテナクレーム〉だったと言い出したことがあった。お互い譲らず、とうとう賭《か》けをすることになる。あくる日、向田邦子が昭和十五年の「主婦の友」の広告のページをコピーして持ってきた。そこには大きな字で《疲れたお肌にウテナクレーム》と書いてあり、私は千円取られた。

私の父は親戚《しんせき》を大切にする人だった。特に大勢いた甥《おい》や姪《めい》を可愛がり、よく面倒をみた。誕生日だといって何かを買って送り、進級したといって小遣いをやった。だから阿佐ヶ谷の私の家には、よく従兄や従姉が遊びに来たし、正月などはそれが何組も重なって賑《にぎ》やかだった。若い男や女を集めて父は嬉しそうだった。私はいとこたちの中で、飛び離れて年齢《とし》が小さかったから、そんなときみんなからちやほやされて嬉しかった。私のことを可愛がると、父がことのほか喜ぶのをいとこたちは知っていたから尚《なお》のこと、私は人気の的になり、それが得意で夜が更《ふ》けてもちっとも寝ようとしなかったらしい。変な話だが、私がいちばん喜んだのは、大勢の手で布団《ふとん》にくるまれ、体のあちこちをたくさんの手で擽《くすぐ》られることだったという。そう言えばよく覚えている。無数の手が追っかけてきて、お腹《なか》を、腋《わき》の下を、足の裏を擽られるときの苦しさと嬉しさ、あれはほとんど性的な苦痛であり、快感だった。私は悲鳴とも、笑い声ともつかぬ声をあげる。叫んでも、暴れても、許してくれない。どれが、誰の手かわからない。男の手もあれば、女の手もあるはずだ。顔だけはみんな笑っている。

　私があまり興奮するので、いつの間にかこの遊びはいとこたちが集まる日のレギュラーの遊びになった。そしてある日、こんなことがあった。この遊びにはイントロのようなものがあって、まずいとこたちが車座になり、小さな私を膝《ひざ》から膝へラグビーのボールのように盥《たらい》回しにする。そのうちにだんだんスピードが早くなり、パスが乱暴になってくる。ボールの私が嬌声《きょうせい》をあげ、見物の父や母が手を打って囃《はや》し立てると、誰かが隣の部屋の押し入れから布団を引っ張りだしてくる。投網《とあみ》のように空から布団が降ってきて、私はあっという間に捕獲されてしまう。そして嬉しい私刑《リンチ》がはじまるのだ。私は約束通り金切り声をあげ、無数の手から逃れようと暴れ回る。——一本だけ変な手がある。すっと忍び込んできて、私の内腿《うちもも》の辺りをいきなり抓《つね》って逃げるのである。しばらくすると、また入ってきて先刻《さっき》より強く抓って逃げる。他の手より細くて冷たい手だから、近づいてくるとすぐにわかる。女の手である。私はそのことばかり気になりはじめた。冷たい手の力はどんどん強くなる。もう私の内腿は痣《あざ》になっているかもしれない。必死の力で布団から顔を出してみる。そうしているうちにも攻撃の手は止《や》もうとしないばかりか、私の顔が見えたことで一層激しくなるばかりだ。女の顔はみんな笑っている。みんな笑っているのに誰かが抓る。いまや本気で抓っている。私は怖くなった。顔は笑っていても、手だけが冷酷になれる女というものが、私には息が止まるほど怖く思えた。私は泣いた。激しく泣いた。座は唐突に白け、遊びは終わった。

　あの手は誰だったのだろう。あの手には、間違いなく悪意があった。あの日集まっていた従姉たちは、みんな少女といっていい年齢だった。髪に赤いリボンを結んだり、薄く口紅をつけたりした少女のうちの誰かが、ひんやりと冷たい手をしている。それがどんなに怖いことだったか、私は父にも母にも言えなかった。それは、決して口に出して言ってはいけないことだったのだ。――あのころの少女小説を思い出すたびに、私はあの日の内腿の痛みと、冷たかった一本の手を想《おも》う。少女小説は、だから忘れられないのだ。

　あのころの子供は誰も本箱など持っていなかった。玩具箱の一画に講談社の絵本やキンダーブックがせいぜい二十冊もあれば良い方だった。私たちは、だから姉や兄の本箱に憧れ、禁じられればそれだけまた憧れ、サックはそのままに残して中身を抜き出しては盗み読んだものだった。男の子なら兄の本箱というのがごく自然なのだろうが、私の場合はそういうわけで圧倒的に姉の本箱に憧れてしまったのである。薄紫のレースのカーテンがガラスの内側に柔らかく掛かっていた姉の本箱は、鍵《かぎ》がかかるようになっていた。わずか三センチばかりの差し込み式の錠である。意地悪な姉がその鍵をどこに隠しているか、必死に私は推理した。たいていは小さな私の背のとどかないところだった。柱の状差しの中だとか、洋箪笥《ようだんす》の上の汐汲《しおく》み人形の蔭《かげ》だとか、どこに隠しても私は椅子《いす》を運んで来てはそれを発見した。ポーの『盗まれた手紙』ばりに、机の上の消しゴムやゼムクリップやビー玉などが雑多に入っている小箱に投げ込まれていても、私は造作なく見つけ出した。それだけの努力をして盗み出した少女小説だったから、その香りが格別だったとしても、挿絵《さしえ》の少女たちの顔が夜ごとの夢に現れても、それは何の不思議もなかった。実際、あのころの私は夕焼けの窓に立つ薄幸の少女を、よく夢に見たものだった。いくつもの挿絵の少女たちは、夢を重ねているうちにいつかそれらの複合体としてひとつの像を結びはじめる。髪の形は加藤まさをの『消えゆく虹《にじ》』の鞠子、顔の輪郭の頼りなさは須《す》藤重《どうしげる》の筆になる『君よ知るや南の国』のピアノの少女、野中のともしびのような眼《め》の輝きは蕗谷《ふきや》虹児《こうじ》の『花物語』のヒロイン、という具合に自分の好みの部分を集めて、ひとりの〈完璧の少女〉を私は五歳の夢の中に長い時間をかけて作りあげたのである。

童子の夢は醒《さ》めやすい。郵便切手を集めたり、双葉山に熱中したり、そんな記憶は幼時いくつもあるが、エジプトの三角切手をとうとう手に入れた日を境に私の切手熱は急速に冷めて行ったし、双葉山が七十連勝を安芸《あき》ノ海に阻《はば》まれると、あくる日から私は薄情にも相撲《すもう》に見向きもしなくなったのである。醒めなかったのは少女小説の幸せ薄い美少女への湿った熱い思いだけだった。だから、それから十年たった中学や高校時代、見境のない乱読の中でも少女小説を読むことだけは忘れなかった。さすがに恥ずかしく思ったのか、友人たちとの本の話題の中に持ち出すことはしなかったが、貸本屋で借りて来たどれも筋が似たりよったりの少女小説を、来る日も来る日も読んでいたような気がする。戦後すぐの貸本屋には新刊本がまだ少なく、焼け残った昔の本なども並べていたから、姉の本箱に当時なかった吉屋《よしや》信子《のぶこ》や横山美智子《みちこ》、北川千代に加藤武雄《たけお》などはみんなこの時期に読んだものである。眉根《まゆね》にしわ寄せてドストエフスキーを読み終えると、一呼吸おいて佐藤紅緑《こうろく》の『夾竹《きょうちく》桃《とう》の花咲けば』の信子と照子の物語にため息つく、それは奇妙な読書であった。誰にも言えない不思議な読書であった。ラディゲの『ドニーズ』も吉屋信子の『花物語』も、私にはおなじようにときめきだったし、含羞《がんしゅう》だったし、人生だったのである。

ふと考えるのだが、太宰治も三島由紀夫も、幼いころ親の眼を盗んで少女小説に読み耽《ふけ》っていたのではあるまいか。みんな加藤まさをや田中良や蕗谷虹児の絵が大好きだったのではないだろうか。そう思うと太宰も三島も、野《の》溝《みぞ》七《な》生《お》子《こ》も尾《お》崎《ざき》翠《みどり》も、私たちがあのころ繰り返し繰り返し読んだ小説たちは、どれも実は紛れもない少女小説だったように思えて来るのである。

陽炎小路はどこにある　虹児・華宵・夢二

陽炎小路《かげろうこうじ》という怖い話を聞いたことがあるだろうか。それは一つの町にかならず一つはあるのだけれど、地図を探したってどこにも出ていないし、あの子は確かに見たそうなという噂を頼りに、一日足を棒にして訊《たず》ね歩いても、決して見つけることのできない、不思議な小路なのだ。どうして春になると誰もが陽炎小路を探しにいくかというと、その小路の奥に赤い丹塗《にぬ》りの櫺子《れんじ》窓《まど》のある小さな家があって、そこにきれいな三人姉妹が、きれいな顔を三つ並べてこっちを見ているというのである。それを私に教えてくれたのは、角の駄菓子屋のお婆ちゃんで、歯が一本もないお婆ちゃんはその店で飴《あめ》を買ってくれた子にだけ、陽炎小路のだいたいの方角を教えてくれることになっていた。でも、お婆ちゃんが私たちの耳に囁くのは、どうもその都度まちまちで、あの子には尼寺の裏の方だと言い、この子には町の西のはずれにある鳥獣剝製《はくせい》店の辺りにあるはずだと声をひそめるので、結局私たちはいつも陽炎小路が見つからないまま、夕暮れを迎えてしまうのだった。

陽炎小路の在処《ありか》をちゃんと教えてくれないくせに、駄菓子屋のお婆ちゃんは、もし三人娘に出会ったら、決して目を合わせてはいけない、口をきいてはいけない、櫺子の格子の隙間から白い手が招いても近寄ってはいけないと、いけないことばかり繰り返し念を押すのだった。その小路には、名前の通りいつもゆらゆらと陽炎が立っていて、その隙間からこっそり覗いて見るのはいいけれど、間違っても陽炎を跨《また》いで越してはいけないよ。陽炎の向こう側へ行って、帰ってきた子はいないのだから。――私たちはお婆ちゃんの話に、いくつも頷《うなず》いた。目がつぶれるのが怖かったのである。舌が痺《しび》れるのも恐ろしかった。五本の手の指が白い蠟燭《ろうそく》になってしまうというのも、怖い話だった。でも私たちは、春になると陽炎小路を探しにいった。どきどきしながら、生け垣の裾に菫《すみれ》が咲いている家の前を過ぎ、窓のステンドグラスが三月の日差しにキラキラ光る洋館の角を曲がって、町のどこかにあるという陽炎小路を探しにいくのだった。だって、三人の娘たちは、私たちのためにきれいなお嫁さんの着物を着て待っているというではないか。――陽炎小路は、どこにある？

私が、四、五歳だったそのころ、私には九つ歳の離れた女学生の姉がいた。紺のセーラー服は、毎晩寝るまえに丁寧にかけるアイロンの焦げ臭い匂いがしたが、学校から帰って水色のスウェーターに着替えると、胸の辺りからいい匂いが漂ってきた。こっそり母の香水をつけているのである。姉は私を可愛《かわい》がってくれたし、私もどちらかといえば母よりも姉に甘えていたが、陽炎小路の話は姉にもしなかった。三人姉妹に興味を持っていることを知られるのも恥ずかしかったし、母に告口なんかされたらもっと困ったからである。あのころの杉並辺りは、まだ樹が繁って昼でも薄暗いところが多く、赤マントの噂とか、人攫《さら》いが出る話だって珍しくなかった。子供たちだけでなく、大人だって真面目に怖がっていた。体の弱い痩せっぽちの末っ子が、檽子の窓の三人姉妹を探しに町をフラフラしているなんて知れたら、どんなに叱られるかもしれない。

　三人姉妹はきっと姉よりもきれいに違いない。その日、自分の周りに起こったことを何でも話していた私が、陽炎小路のことだけは姉にも隠していたのは、そう思ったからだった。私の姉は、体がほっそりしていて首が長く、髪がやわらかで切れ長な目元が涼しく、十分きれいだったと思うが、自分よりきれいな女の子については意外に狭量なことを私は知っていた。機嫌が悪くなるに決まっている。それに、姉には自分の容貌について気にしているところが一つある。目があまり大きくないのである。姉はいつも少女小説の挿絵《さしえ》を羨ましそうに眺めていた。そこに描かれている少女たちは、みんな大きな目をしていた。口が品よく小さく描かれているので、彼女たちの目は口より大きかった。そこに大粒の涙が宿り、シェード越しの電気スタンドの光に映えて宝石みたいに輝いていた。陽炎小路の娘たちは、きっと姉が劣等感を抱いている少女小説のヒロインたちのようにきれいなのだと私は思った。

　そのころ私は、姉とおなじくらいに熱心な少女小説の読者だった。姉の本箱に大切に並べられていた感傷的な物語のほとんどを私は読んでいた。四つか五つで、字だけは妙に読める子だったのである。体が丈夫ではなかったので、寒いから暑いからといって、あまり戸外《そと》へ出してもらえない。だから家の中で本ばかり読んでいた。子供の本を読み尽くしたら、姉の本を読むしかない。色ガラスの内側に薄い紫のカーテンのかかった姉の本箱は、物語の宝庫だった。姉が女学校へ行っている留守に足音を忍ばせて階段を上がり、母が庭で洗濯物を干しているのを確かめて、そっと本箱の扉を開ける。かすかに軋《きし》んだ音を立てて扉が開くときの激しい動悸を、私はいまも忘れない。もう何度も繰り返し読んでいても、今日読む一冊を取り出すときの幸福は、人に言えないだけに大きかった。考えてみれば気味の悪い子である。半ズボンに白いソックスを穿《は》いた男の子が、『毬《まり》の行方』とか『紅薔薇《べにばら》白薔薇《しろばら》』とか、

『嵐《あらし》の小夜曲《セレナード》』とかいう少女小説に読み耽《ふけ》っていたのである。陽炎小路を探していたのを家族の誰もが知らなかったように、これも見つかってはいけないことだった。私は大判の講談社の絵本をいつも傍らに用意して、誰かが入ってくるとそ知らぬ顔でそれを『君よ知るや南の国』の上に開き、無邪気な子供を装うのだった。

いくら探しても陽炎小路が見つからないので、私は少女小説の挿絵や、姉の便箋の表紙の中に幻の三人姉妹を探すようになっていた。『手に手をとって』の着物を着た女の子がそうだろうか。それとも『小さき花々』に出てくる花籠を抱いた子に似ているのだろうか。私はどの物語を読んでも、大きな目の主人公たちの顔の上に、三人姉妹のそれを重ねてみるのだった。そうこうするうちに、頼りにしていた、角の駄菓子屋のお婆ちゃんも、私が学校へ上がる年の冬に持病の喘息で死んでしまった。私たちはびっくりし、がっかりした。松茸のとれる秘密の場所を土地の老人が誰にも明かさないで死んでしまうのとおなじで、ちょっと淫らな三人姉妹の姿は、陽炎の彼方に揺れながら消えてしまったのである。けれど、他の子たちが忘れても、私は櫺子の窓の娘たちを忘れなかった。忘れないどころか、お嫁さんの着物の袖から伸びた白い手が、ひらひら私をさし招くのを、夜毎《ごと》の夢に見ていた。ゆらゆら揺れる妖しい夢にうなされながら、やっぱり私は呟いていたのかもしれない。——陽炎小路はどこにある？

　薄紫のカーテンの、姉の本箱の隅に、サックに入った小型の詩集が一冊あった。横山美智子《みちこ》、吉屋《よしや》信子《のぶこ》、加藤武雄《たけお》などの少女小説よりも、姉が大事にしていた本だった。色つきの絵のページがところどころにあって、そこにはお姫さまや巡礼や西洋の女の子が繊細な筆遣いで描いてあった。詩は、子供の私にもわかるような易しい字がほとんどで、どれも七五調の定型詩だったが、その中にこんな一篇があった。

ちやうど目の下　泣きぼくろ
ここは涙の　通りみち
わたしは一生　泣きぼくろ

それが蕗谷《ふきや》虹児《こうじ》だった。――この子を三人姉妹のいちばん下の子にしようと私は思った。ほっそりと撫で肩で、大きな目の中にちょっと臆したようなためらいが見える。まだ稚いのだ。懸命に背伸びしているけれど、大人たちの世界へ入っていくには、まだ早すぎる。姉たちが櫺子の間から手を伸ばすのを真似して、おずおずと白い指で格子を探ってはすぐに引っ込める。この子は外へ出ない方がいい。姉たちの肩の蔭に隠れて、そこから覗いているのがよく似合う。この子は何を見ても悲しいのだろう。桜の花びらは、せっかくきれいに咲いているのに、花冷えの夜、どうして枝を離れていかなければならないのだろう。……ついさっきまで、あんなに赤く染まっていた夕雲が、日が落ちた途端、まるでお弔《とむら》いの旗のように不吉に翳《かげ》って見えるのはなぜだろう。……お姉さまたちの体が熱い。それは、とても嫌《いや》なことだ。私とおなじ歳のころ、お姉さまたちの肌はほんのりと温かだった。それがいま、何かをほしがっているみたいに、こんなに熱い。春がきて、また春がきて、三つめの春がくるころ、私の体もこんな風になるのだろうか。……陽炎の向こうから、誰かがこっちを見ている。小さな男の子みたい。そこから私が見えますか。三人の中で、いちばん稚い赤を着ているのが、私です。迎えにきてくれるのなら、そんなに怖がらないで、いますぐ来てください。陽炎小路では、よその倍も三倍も早く時間が経っていくのです。早くしないと、お姉さまみたいな体になってしまう。

国貞《くにさだ》描くの乙女も往《ゆ》けば
華宵《かしょう》好みの君も往く

宵の銀座の音匣《オルゴール》……

私の姉が生まれたころ流行《はや》った「銀座行進曲」の一節である。——真ん中の娘は、高畠華宵の便箋の中にいた。姉はきっと母のものをもらったのだろう。表紙だけが何枚か切り取られて、勉強机の抽斗《ひきだし》の奥にしまわれていた。稚さのない代わりに、艶《つや》やかで豊かな体が衣服の上から感じられる娘たちである。勝気そうに鼻の先がちょっと尖って上を向いていたり、短く揃《そろ》えた髪がカールして耳の辺りに渦巻いたり、あるいはラケットに半分顔を隠して、その蔭から悪戯《いたずら》っぽく笑ってみせたりするのは、二番目の子によく見られるタイプかもしれない。三人姉妹の中でいちばん早くお化粧を覚え、西洋の恋の小説をバッグに忍ばせ、人を裏切ることの不思議な愉《たの》しみをいつの間にか知っている。誰に教わったわけでもないのに、ダミアの呟きの底にデカダンの香りを嗅ぎとり、ポール・モランの乾いたフランス語の陰に見え隠れする西欧の憂鬱に呼吸を合わせて、深い溜息をつくことさえ知っているようである。……私はそこで妙なことを考える。駄菓子屋のお婆さんは、とんでもない思い違いをしていたのではなかろうか。まるで当たり前のことのように、丹塗りの櫺子の三姉妹と言ってはいたけれど、実は一人だけ男が交じっていたのではないか。あの二番目の子は、ほんとうは男なのだ。女の子よりも色っぽいからみんなの目を欺いているけれど、あれはほんとうは妖しい男の子なのだ。だってあの頬のふくよかさはどうだろう。熟れる半日前の、桃さながらの曲線ではないか。半開きの唇からは、きっと甘い梔子《くちなし》の香りが洩《も》れていることだろうし、辛そうに顰《ひそ》めた新月そっくりの眉は、神様が美しい少年だけに与えたものである。姉と妹が、前と後ろから庇《かば》うように寄り添っているのは、真ん中の男の子を卑しい男たちの目から守ってやっているのだ。駄菓子屋のお婆さんは、お嫁さんの衣装を着ていると言うけれど、よく見ると、あの子だけは何にも着ていない。光の粉を振り撒きながらゆらめき立つ、春三月の陽炎こそが、あの子のたった一枚身に纏《まと》う薄物なのだ。お婆さんが女の子と見間違えたのも、無理はない。胸の辺りがふっくらと膨らんでいる。腰の円みだって、あれは男たちの淫らな目に見つめられてああなったとしか思えない。華宵の描く少年は、明け方の悪い夢の中に、娼婦のように微笑《わら》って現れる罪の子である。

　いちばん上の娘だから仕方がない。隠したってすぐわかる。夢二の女たちは、もう男を何人も知っている。それも、その度に思い焦がれてしまうから、不憫《ふびん》なことに、あんなにやつれてしまっている。肩が雪崩《なだれ》て落ちて見えるのは、泣いているからではなく、怨んでいるからである。妹たちは知らないが、粗野な男たちにいじめられて今日までやってきた。麻の葉模様の着物の下は、可哀相な傷でいっぱいだ。春がきたのに、心は芯まで冷えきって、そのくせ体は燃えている。だから、夢二の女たちの絵には、いつだって罪の匂いがつきまとって離れない、女たちが罪の子なら、夢二も罪の子である。夢二が罪を重ねれば、女たちも逆さになって罪の獄舎《ひとや》へ堕ちていく。救われないことを百も承知していて、それでも祈るのが人の子なのだろうか。

ニコライのホオルに入りて相擁《あいいだ》き
サンタ・マリヤを拝《おろが》みにけり

かつて若く美しかったころ、手玉に取った男たちが胸の中で摑み合いの喧嘩をするという女の話が鏡花にあるが、昭和九年秋、夢二が信州のサナトリウムで死を待っていたとき、彼の胸にもたくさんの女たちが入れ替わり立ち替わり怨みにやってきたことだろう。女たちが摑み合ったか、手に手を取り合って夢二に襲いかかったかは知らないが、さぞ賑やかなことだったろう。しかし、陽炎の女たちがゆらゆら現れて、夢二は怖かったのだろうか。罪に怯《おび》えて逃げ回ったのだろうか。そんなことはない。夢二は嬉しかったのだと、私は思う。女たちの絵をじっと見ていると、私には彼の乾いた笑い声が聞こえてくる。怨まれるのが怖かったら、あんなにきれいな絵が描けるはずなどないではないか。

そんな夢二に惚れたのだから、陽炎小路でいちばん怖いのは、いちばん上の娘かもしれない。見てもいけない、口をきいてもいけないと、あれほど駄菓子屋のお婆さんが歯のない口をすぼめて激しく囁いたのも、きっとこの娘のことなのだろう。ほんとうはこの娘、妹たちのことなんか、ちっとも案じていないのだ。それは中の娘も下の娘もおなじこと、みんな、考えているのは自分のことばかりである。女は、だから女なんだし、櫺子の窓の三姉妹は、それだからこそ怖くて美しいことで評判の姉妹なのだろう。年端もいかない子供だったけど、私が陽炎小路にときめいたのも、そんな怖さ、危なさが陽炎の向こうから呼んでいると思ったからだと思う。五歳の童子でも、妖しく胸騒ぐときは、男である。

私の家では、そのころ夢二は姉の部屋の南の窓の上に、小さな額に入って飾ってあった。昔のことで定かではないが、ぼんやりした色調の、お高祖《こそ》頭巾をかぶった女だったような気がする。南向きの窓の向こうには、背の高い隣の家の桜が枝を張りだしていて、陽炎の季節には花びらが一ひら二ひら、もどかしいくらいにゆっくりと窓から畳に舞い落ちて、私には夢二の女がけだるそうにその様子を眺めているように見えた。時計の針が動いているのか、止まったままなのか、よくわからない春の午後に、お高祖頭巾の女は似合いすぎるくらいよく似合い、私はまた陽炎小路のことを考えるのだった。

　あのころのことを考えると、蝶の標本を作るときの虫ピンで刺したように、胸の奥が痛む。どうして五歳の春の方が、それから後、何度も迎え送った春たちよりも色っぽかったのだろう。眠くなるように暖かな二階の姉の部屋で、私はいつも何かを怖れ、何かにときめいていたようである。風には、かすかだったが色があった。狭い庭の隅には沈丁花が淡紅色の花をつけ、それが散ると代わって木蓮が咲いた。母の新しい割烹着《かっぽうぎ》は、春の日差しに映えて眩《まぶ》しいほど白く、玄関から駆け込んでくる学校帰りの姉のスカートには、タンポポの産毛《うぶげ》がついていた。なんだか誰かに見つめられているように思って振り返ると、縁先に洗濯物が揺れているだけである。けれどすぐまた首筋の辺りがむず痒《かゆ》くなり、やっぱり誰かに見られていると思うのだが、誰もいない。あれは、春の視線だったのだろうか。

生暖かい春の視線に追われた日から五十年が経って、陽炎小路だけでなく、町の怖い話は、一つ残らず嘘のように消えてしまった。赤い丹塗りの櫺子窓など、どこの町を探したってあるわけがない。たまに陽炎を見ることはあっても、その向こうに揺れているのは、白く清潔なビルばかりである。吹き寄せる風にも、色がない。匂いもない。ふと思い立って町の子たちに三人姉妹の話をしてやったところで、誰も怖がりもしなければ、会いたがりもしないに決まっている。目がつぶれそうになったり、魂が溶けてしまいそうになる三姉妹なんて、生きていく何の足しにもならないのだ。あのころ私たちは、きれいなもの、怖いものだけを訊ね歩いて幸福な子供だった。そしていま、私は、白髪《しらが》まじりの奇妙な白昼の迷子になる。夢二も好きだったという、鏡花の手毬唄を御詠歌みたいに呟きながら、曠野のような大都会の露地から露地へ、迷子になってさまよい歩くのである。

向うの小沢に蛇《じゃ》が立って、
八幡長者の、おと娘、
よくも立ったり、巧《たく》んだり。
手には二本の珠《たま》を持ち、

足には黄金《こがね》の靴を穿《は》き、
ああよべ、こうよべといいながら、
山くれ野くれ行ったれば……

麗子像の怪

都会では、このごろ停電というのがあまりない。あっても生活にさして影響のない深夜の配線工事の際ぐらいのものである。だから停電を知らない子供たちは、夜、なにかのアクシデントで家中の電燈が消えたりすると異様に怖がる。窓から外を見て近所の家々や街燈まで消えていると、体を固くして怯《おび》えてしまう。暗い世界というものを知らないのである。彼らにとって、この世はいつも光にあふれている。

昔、私たちの子供のころは、部屋の中でもいまほど明るくなかった。六畳間で四十から六十ワット、百ワットの電球というものがあるらしいとは聞いていたが、実際見たことはなかった。それに、いまのような蛍光燈ではなく白熱燈だったから、部屋の隅々にまで光がとどかない。側面図で言えば電燈を頂点として正三角形の部分にだけ光が行き渡り、簞笥《たんす》の蔭《かげ》や天井の隅はいつも気味悪く仄暗かったものである。だから逆に、たとえば障子の白がきれいだった。棚の七宝《しっぽう》の壺がつややかだった。光というものの意味が、いまとは違っていたような気がする。空気が澄んでいたせいもあるのだろうが、月とか星が都会に住んでいてもずいぶん身近なところにあった。シリウスもカシオペアもちょっと首をめぐらせばすぐに見つけることができた。いまでは、どうかすると月に一度ぐらいしか星や月にお目にかからない。人が月に行けるようになったのに、月はかえって見えなくなってしまったのである。

　暗さに慣れていたとは言っても停電はやはり怖かった。蠟燭《ろうそく》がともされるまでのほんの何十秒の間、立っていいものやらそのままそこにじっとしていた方が危なくなくていいものやら、子供たちはみんな中腰で不安だった。よほどの家でもなければ電話などなかったから、停電の原因や復旧の見通しが皆目わからない。そんな夜は長かった。必要がなくなると蠟燭はすぐに吹き消されてしまう。床柱を背に父が吸っている煙草の火でときどき父の顔がぼーっと赤く浮かぶだけである。けれど暗闇の中の煙草はおいしくないのだろう、その火もやがて消えるとあとは誰も何もすることがない。なにも声をひそめる必要もないだろうに、母が姉の耳もとに何やら囁いている。兄が便所へ立つ。さっきから我慢していた末っ子の私はもっけの幸いとついて立つ。それぐらいのことでは蠟燭はつけてもらえないから、暗い廊下を兄弟は手探りで行く。廊下の突き当たりは二階への階段で、その昇り口の左側が手洗所になっている。昭和十年代の東京山の手にもっともよくあるタイプの造りである。

兄が先に用を足している間、私は小さく足踏みしながら階段の下で待っている。そんなとき、私はいつもじっと足元だけを見ているのが常だった。間違っても階段の上を振り仰いではいけない。そこには怖いものがある。見てはならない怖いものがある。

　二階へ上がるのに階段は途中で一度右へ折れていて、そこが三尺四方の踊り場になっている。右が階段、左上に高窓、正面は壁になっていてそこに一枚の額が掛かっていた。父が掛けたものである。赤っぽい毛糸の肩掛けをしたおかっぱの女の子が、ちょっと横を向いて笑っている。この女の子が、私は怖かったのである。そして私にはわかっていた。家中の電燈が消えていても、高窓からの星明かりでその絵はかえってそこだけ浮かび上がって見えるのである。子供たちはみんなこの絵を嫌がっていた。肩の中に首がめり込むように沈んでいるのがまず気味悪かった。胸の前で軽く曲げている右手の指が、幼女のくせに変に痩せていて、そのうえ節くれ立っている。せっかく絵に描いてやるのなら嘘でももう少し円《つぶ》らにしてやれば良いものを、この子の目は笹で切ったように細い。そして、もう人の世の隅々まで見てしまった老婆の目みたいに、わけ知りめいて醒《さ》めている。そんな不自然さは五歳の私にも見てとれた。他にも絵はいくらだってあるだろうに、どうして父はこんな怖い絵を選んで掛けるのだろう。私が物心ついてから、その絵はいつもそこにあった。踊り場でいつも笑っていた。

　あの雷の夜のことは、いまでも忘れない。そのころは雷が近づくと変電所がすぐに電気を切ってしまうので、夏の夜の停電はしょっ中だった。いやに蒸し暑いと思っていたら、日が暮れて間もなく激しい雷雨になった。大粒の雨が裏庭の八ツ手の葉を叩く音がまるで鉄砲の弾の命中音みたいだと私は思った。その日は、父が上の子二人を連れて出かけていたので、停電の中わが家は母と小さい私だけだった。母が慌てて庭に面した座敷の雨戸をたてている。軋《きし》む雨戸を引きながら、大声で私に二階のガラス窓が開けっぱなしだと叫ぶ。この雨が吹き込んだら、二階の父の部屋は大変なことになってしまう。本棚の本も、描きかけの油絵も、机の上にいつも広げられている画集もびしょ濡れになるだろう。私は真っ暗な廊下を駆けぬけ階段を昇ろうとした。そのとき、青いような黄色いような稲光がつづけざまに幾度も走った。私は昇りかけた階段を転げ落ちた。稲妻に驚いてではない。恐ろしい光の中で、あの壁の女の子がこっちを向いて笑ったのである。確かに、細い目をもっと細くし、薄い唇を歪めて、私を嘲笑《わら》ったのである。

〈レイコの絵〉と父はその絵を呼んでいた。二階の自分の部屋へ上がる途中、踊り場で立ち止まってしばらくその絵をながめている父の姿を、私は幾度か見かけたことがある。あんな気持の悪い絵のどこがそんなにいいのだろう。でも私はあの雷の夜の怪を父や母に言っていなかった。なぜか言ってはいけないことのように思われたのである。叱られるのではないかという怖れより、悲しませるような不吉な予感が不思議なことに私にはあった。レイコが笑うことを、もしかしたら父も知っているのではなかろうか。いつか夜中に便所に起きたとき、父があの絵の前に立って身じろぎもしないでいるのを見たけれど、あれはレイコが笑ったのではあるまいか。雷が鳴る停電の夜でなくても、レイコは笑うのかもしれない。そして、父はきっとレイコが笑うことが悲しいのだ。

父はそのころ陸軍中佐だった。中国大陸を転戦してはときどき何ヶ月か阿佐ヶ谷の家へ帰って来た。だから父の記憶は飛び飛びである。金モールの大礼服を着て紀元二千六百年の式典に出かける朝のことを覚えているから、やはり私が五歳のこのころはちょうど東京勤務の時期だったのだろう。記憶というものは、丁寧に手繰《たぐ》って行けば薄闇の中から少しずつ姿を現し、じっと見つめているうちに脈絡のなさそうなものたちが不思議に次々とつながって行くものだ。父は下手な絵を描いた。子供の目からしてもちっとも上手ではなかったが、好きは好きだったのだろう。上野の美術館で開かれる院展とか文展とかには毎年のように行っていた。だから私の家には展覧会で父が買って来た絵葉書がそれこそ山のようにあった。穏やかな人柄だったからか、おとなしい風景画や静物画が主で、自分で描く絵も写実風のそんなものが多かった。だから〈レイコの絵〉のような人物画はめずらしい例だったのである。〈レイコの絵〉は多分どこかの画集から切り取ったものをガラスの入った額に入れたものらしかった。ガラスの表は母が毎朝の掃除のたびに丁寧に拭いていたから、いつもきれいだった。その母の丁寧さも私は気になっていた。それほどきれい好きなわけでも、絵が好きだったわけでもない。母の手つきには仏壇を掃除するときの真面目さと、変な悲しさがあったのである。

　さしたる勲功もないまま戦争は終り、父は戦後まもなく失意のうちに死んだ。東京から北海道、北海道から富山と私たち家族が転々と移り住む間に、いつか薄気味悪い〈レイコの絵〉はどこかへ消えてしまっていた。そんなものを思い出している暇などない時代だった。みんなが父の下手な絵を懐かしみ、せめてその一枚でもとっておけば良かったと話し合ったのはそれからずっと後のことだった。父の血が私に遺伝しなかったのか、それともそのまま遺伝してしまったのか、私は絵が下手だった。小学校でも中学でも図画の時間は嫌いだった。けれど中学三年の秋、上野の美術学校を出た新しい図工の先生が赴任してきて私は少し変った。その先生は絵を描くことだけでなく、見ることを教えてくれたのである。見て、何かを感じ何かを思うことを教えてくれたのである。そして、ある雪の日曜日、私はその先生の家へ遊びに行って、そこで何年ぶりかで〈レイコの絵〉に出会ったのだった。レイコは岸田劉生《りゅうせい》の画集の中にいた。細い目で笑っていた。その絵の題は「麗子微笑」となっていた。やっぱりあの女の子は〈麗子〉だったのである。先生は話してくれた。この画家は娘の麗子の肖像を何枚も何枚も遺していること、まだ少女の麗子に心を残しながらわずか三十八歳で昭和のはじめに死んでしまったこと、決して明るい絵ではないが人の心の中まで写し取ろうとした必死の目の力がこの「麗子微笑」から読み取れること、先生が熱心に話している間、私は先年痩せて死んだ父のことをずっと考えていた。それから遡《さかのぼ》ってあの雷雨の夜を思い出していた。あんな怖かったことはなかった。いくら優れた絵だとしても、怖いものは怖いし、好きになれないものは仕方がない。先生の家からの帰り道、私は新しい雪を踏みしめながらそう思った。岸田劉生という人は、そんなに娘のことを愛していたのならどうしてあんなに……そこまで考えて私はまったく突然にもうひとりの〈レイコ〉を思い出した。

それは、私の死んだ姉の名であった。

どうしてもっと早く、せめて父が生きているうちに思い出さなかったのだろう。〈玲子〉は私が生れる二年前に、生後三ヶ月で死んだという。つまり私のすぐ上の姉であった。あまり早くに死んだので写真もほとんど残っていないし、家族の話題にものぼることがなかったから、〈レイコの絵〉の〈レイコ〉と結びつかなかったのだろうか。母はもちろん知っていたのだろうが、姉や兄はどうだったのだろう。どう思い出しても、小さい私といっしょになって怖がったり嫌がったりしていたとしか思えない。乳児脚気《かっけ》というのがどんな病気か知らないが、いずれにしても突然の死だったに違いない。姉や兄にしてみれば、日常の生活の中でその名前を呼ぶ習慣ができる前にいなくなってしまった妹だった。だから階段の踊り場のあの絵は、父と母だけにとって〈玲子の絵〉だったのだろう。

そこらのホームドラマにいくらもありそうな話である。娘を亡くした父親が、おなじ名前の女の子の肖像の前に立って胸をつまらせる、というだけの話である。もし、あの〈レイコ〉が笑わなかったら確かにそれだけの話だろう。しかし〈レイコ〉は笑った。停電の階段で、声こそ上げなかったが、その分だけ激しく確かに笑ったのである。こっちにわざわざ向き直って笑ったのである。あれを嘘だというのなら、この世のことはみんな嘘である。

あのとき笑ったのは〈麗子〉だったのだろうか、それとも〈玲子〉だったのだろうか。私にだけ笑ったのだろうか、父にも笑ったのだろうか。あれから四十何年たって、間もなく父が死んだ年齢になろうとしているこのごろ、私はしきりとそのことを考える。考えてどうなるものでもないのに、ふと気が付くとまた考えている。考えてわかるのは、岸田劉生と麗子の間には紛れもなくおなじ色の血が流れているということと、私の父と私の間にも同一の血が流れていること、そんな愚にもつかないことばかりである。「麗子微笑」の麗子も、もうこの世にいないそうである。それでも麗子は、いやこの世のものでないから麗子は、またある一夜、誰かに向って激しく笑いかけ、その誰かの顔を引きつらせ、そのまま一生とり憑いてしまうに違いない。そうやって〈怖い絵〉というものは永劫に生きつづけるものである。

一年ばかり前、私は田中裕子で「麗子の足」というテレビドラマを撮った。向田邦子の同名のエッセイをもとにした昭和中期のホームドラマである。岸田劉生の「麗子住吉詣之立像」の麗子の足は親指と人差し指の間がいやに離れていて、二本の指にゴム紐を張ればパチンコができそうだという話で、昔の日本人は男も女も日常みんな下駄を履いていたから足の指がそうなったのだと説明している。自分の母も祖母もそんな足の指をしていたといかにも向田邦子らしい暖かくて優しい文章だった。このドラマのラストシーンは、二・二六事件の首謀者である恋人の青年将校に頑なに体を許そうとしなかったヒロイン礼子が、男が自決したことをラジオ放送で知り、折からの雪の中にさまよい出てかねて自分を狂った熱い目で見つめていた白痴の男に無垢の体を投げ出して、その後裸足のまま泥雪の道を家に帰り、部屋の壁に掛かった「麗子像」の前にいつまでも立ちつくす、というものだったが、このときの礼子、田中裕子の表情は身震いするほど恐ろしかった。戦いに敗れたボクサーのように腫《は》れあがった目は何も見ていなかった。半開きの色を失った唇の間からは病犬さながらの赤黒い舌がのぞき、口の端を涎《よだれ》がゆっくり伝い落ちた。およそ女優のする顔ではなかった。決して大袈裟ではなく、その顔は人間をはるかに超えて幽鬼のものであった。そして最後に幽鬼がかすかに笑った。唇を淫らに歪めて笑った。私の目の前に稲妻が走り、耳もとで雷鳴が轟き、私は五十年の月日の後、今度こそ間違いなく〈レイコ〉が笑うのをしっかりと見た。

山茱萸の秋

たった一年だったが、札幌に暮らしたことがある。昭和十九年の春から、終戦の年の初夏にかけてのことである。軍人だった父が満州から北海道の師団に赴任して、東京に住んでいたぼくたち家族を呼び寄せたのだった。ちょうどその時期は、東京周辺の小学校の学童疎開がはじまったころで、田舎での集団生活ができそうにない、病弱のぼくを心配した父と母の配慮もあったらしい。けれど、ほんとうのところは、大陸暮らしがほとんどで、家族といっしょに過ごすことの少なかった父が、最後の穏やかな時間を持ちたかったのだろう。後から聞いたことだが、札幌のその師団は、間もなく九州南沿岸に派遣されることになっていたという。——北海道の空は青かった。電線が東京よりずっと高いところにあって、緑の匂いのする風にヒュルヒュル鳴っていた。九歳だったぼくは、この町ではいいことがたくさん起こりそうだと思った。

後にも先にも、あんな大きな家に住んだことはない。立派な石の門から、砂利《じゃり》を敷き詰めた車寄せの道が玄関まで長くつづき、その上をトンネルみたいに、薄緑のアカシアの枝が覆いかぶさって、サヤサヤと音を立てていた。幾つ部屋があるか知れない洋館造りの家屋は、隅々まで磨き上げられていて、日当たりのいい十五畳の座敷の縁に立つと、築山がいくつもある広い芝生の庭が、緑の海のように目の前に広がっていた。庭は正面の奥へ向ってなだらかに傾斜していて、そのずっと先の林からは、季節の鳥の声が聞こえてくる。――これも後で知ったことだが、この家は、元は大きな企業の持ち物だったのを、軍が接収して父の官舎に当てたらしい。北海道庁から苗穂へ向う路面電車が走る通りに面した北二条東六丁目というところで、すぐ近くに赤い煉瓦造りのビール会社の建物があって、その前を通ると、ちょっと酸《す》っぱいホップの匂いがした。

　父が客好きだったので、札幌の家は土曜となると来客で賑わった。父の職業柄、どうしても厳《いか》めしい軍服姿が多かったが、中には家族連れでやってくる客もあって、ぼくにはそれが愉《たの》しみだった。おなじ年ごろの子も、中にはいた。祝田《いわいだ》少佐のところの、マコちゃんとミコちゃんの姉妹がそうだった。マコちゃんがぼくより一つ上の十歳で、ミコちゃんは一つ下の八歳だったが、ぼくにはマコちゃんが三つぐらい年上で、逆にミコちゃんの方は三つほど稚《おさな》く思われた。ぼくはこっそり姉妹を動物に見立ててみた。迷いはしなかった。姉が猫で、妹は兎《うさぎ》だった。マコちゃんは手足が気持ちよく伸びた子で、顔が小さく、大人たちの前では温和《おとな》しく振る舞っていたが、いつも目がキラキラ炯《ひか》っていた。その目がすばしこい猫みたいだった。ミコちゃんはいつもお母さんの蔭に隠れている子だった。色白の丸顔で、鼻の下に産毛《うぶげ》が光っていた。だからぼくは、この子にあまり興味がなかった。

　この姉妹は月に一度か二度、家へ遊びにきたように思う。四人揃《そろ》ってということもあったし、お母さんに連れられて三人のこともあった。色の白いきれいなお母さんは、何かとぼくの母を頼りにしているようだった。上官の奥さんだったこともあったが、ぼくたちとおなじように東京から引越してきて、まだそれほど日が経っていない心細さもあったのだろう。二組の家族は、すぐに親しくなった。土曜日――祝田一家は、たいてい昼ご飯の終わったころにやってきて、夕方には帰っていった。玄関のベルが鳴り、祝田一家が応接間に通されると、まず紅茶とケーキが出る。あの時代は、家庭で珈琲を飲むことはほとんどなかった。紅茶だって来客のときだけである。ある雨の土曜日、みんなで紅茶を飲みながら、紅茶の話になった。祝田家では、紅茶に〈ブランデー〉というものを入れて飲むのが習慣だという。ぼくの母がびっくりした。家ではいつもミルクで、その日もそうだった。父に言われて母が紅茶を新しくいれ替え、父が応接間の三角戸棚から茶色の洋酒の罎《びん》をとり出した。こんどは、ぼくがびっくりした。紅茶にお酒を入れるなんて――いいのだろうか。マコがぼくの目を見て、小さく笑って頷《うなず》いた。笑った目がキラッと炯った。――はじめて飲んだブランデー入りの紅茶の味を、ぼくは忘れない。ピリッと舌を刺すような辛さが大人っぽく、カップから昇って漂う湯気に西洋の甘さがあった。――その湯気の向うに、猫の視線が揺れていた。

　夏だった。雨で庭へ出られないので、ぼくとマコは、納戸の隣りにある四畳半のぼくの部屋で遊んだ。遊ぶといったって、小学校の三年生の男の子と、四年生の女の子では、何となく中途半端だった。もう何度もいっしょに遊んでいたから、そんなにギクシャクするわけではなかったが、つい会話が途切れがちになる。ぼくたちはトランプやコリントゲームをしたり、『動物図鑑』を見たりして雨の午後を過ごした。ときどき、妹のミコが部屋のドアを細めに開けて覗きにきたが、マコに睨まれて、兎みたいに廊下を走って逃げた。『動物図鑑』をめくるマコの手がふと止まる。そのページには、豹やチータが森や草原を走っていた。ぼくは思いついて、本箱から『豹《ジャガー》の眼』という高垣眸《ひとみ》の冒険小説を選んで、マコに見せた。〈豹の眼〉といっても動物の豹が出てくるわけではなかった。世界中から怖れられている〈豹〉

は悪の帝王の名前で、その一味に杜夫《もりお》という日本の少年と、錦華《きんか》という中国の美少女が立ち向う話だった。〈死笑狂病《デッドラフマニア》〉だとか〈幻の大瀑布〉だとかが次々に現れて、興奮したものだった。挿絵《さしえ》には杜夫と錦華が手をとり合って逃げるシーンや、悪漢に捕えられて、二人いっしょに太いロープで縛られている場面が、細密なペン画で描かれていた。伊藤彦造という挿絵画家の絵だった。——ぼくの手の『豹の眼』を覗き込むマコの顔が、すぐ近くにあった。息にブランデーの匂いが交じっている。

　ぼくは、ぼくの周りに籠もった〈匂い〉に体が硬くなった。ブランデーの息と、マコの肩で揺れるサラサラした髪の香り、それに湿った雨の匂い——ぼくは気が遠くなりそうだった。マコが、いきなりぼくの目を見た。ぼくたちは、二十センチと離れていなかったと思う。猫の目が、そのままぼくを捉《つか》まえて放さない。——激しい動悸のせいで、ぼくの記憶は、この辺りからだんだん曖昧になっていく。——マコが、こんどもいきなり、仰向けに床に倒れ込んだ。倒れ込みながら半袖の両腕を伸ばして、頭の下にあてがい、それと同時に白い片足を上げて、もう片方の膝の上で高々と組んだ。緑と濃紺のタータン・チェックのスカートが、ぼくの目の前に翻《ひるがえ》り、ぼくは一瞬のスカートの薄闇の奥に、マコのパンツを見た。ぼくは驚いた。マコのパンツの色が、黒だったのである。ぼくは比喩的に言っているのではない。ほんとうにマコは黒いパンツを穿《は》いていたのだ。そんなことってあるだろうか。冬の寒いころなら、黒い毛糸のパンツも考えられるだろうが、あれは蜩《ひぐらし》の鳴く夏の午後だった。ぼくは学校へ上がる前に、尼寺の回廊の下で遊んだ〈お医者さんゴッコ〉を思い出した。女の子たちは、みんな白いパンツを穿いていた。ときに赤いパンツの子はいても、黒というのはなかった。ぼくはマコが何だか怖くなった。――〈マコ〉という名前は、ほんとうは〈魔子〉と書くのではなかろうか。

長い睫毛《まつげ》を閉ざして寝たふりをしていたマコが、目を開いた。怒ったような横顔が急に起き上がり、マコはスカートの裾を手で払いながら、雨の窓辺に立った。ぼくのことなんか見てもくれなかった。――雨に霞《かす》んだ庭の山茱萸《やまぐみ》の灌木が、風にザワザワ揺れていた。

札幌には梅雨がなかった。その上、その年の夏はよく晴れた日がつづいて、ぼくはこのままずっと札幌で暮らしたいと考えるようになった。家から十分ばかりの、豊平川の堤をマコと走っても、額や首筋を流れる汗が、すぐに気持ちよく引いていく。女の子のくせにマコは速かった。五十メートルを、どうしても勝てなかった。深い夏草に寝そべって、荒い息をついていると、向うで母とマコのお母さんが、ぼくたちの方に白いパラソルを振っているのが見える。マコの妹のミコは、つまらなそうに堤の花を摘んでいる。——ゆったり流れる青い川の面を、季節には少し早い赤とんぼが、群れになって飛んでいた。

　夏休みが終わって山茱萸の秋がきた。ぼくの庭のあちこちには、背のあまり高くない山茱萸の木が一固まりになっていて、九月になると赤紫の実をたくさん付けた。小さな乾葡萄《ほしぶどう》みたいな山茱萸は、口に入れると、はじめほろ苦く、嚙《か》むと甘い汁が舌に広がった。母に話すと、不衛生だと叱られるに決まっているので、ぼくはこっそり食べて、文字通り口を拭っていた。ほんの五、六粒でも、口の周りや指の先が、赤紫に染まってしまうのだ。

　そんなある土曜日の昼下がり——ぼくとマコは、茱萸の木の下にしゃがんで、茱萸の実を食べていた。雨上りで、しっとり濡れた風が広い秋の庭を吹き過ぎていく。とは言っても、地面はとっくに乾いていて、マコのスカートを濡らしたり、汚したりすることはなかった。庭の外れだった。座敷にいるみんなから、ぼくたちは見えない。そこでぼくは、マコから変な話を聞いた。——この春から夏にかけて、マコの家には二十三、四の親戚の女の人が預けられていた。東京で小さな事件を起こして、母親に付き添われて札幌へやってきたのだという。

「事件って何？」

ぼくは坐り直した。それから声を潜めてマコに訊《き》いた。マコはぼくの顔を見ないで、

「事件は、事件よ」

と素っ気ない。

「だから、どういうこと？」

「いけないことをしたのよ」

「――」

「わからないかなあ――しちゃったのよ、男の人と」

九歳のぼくは何のことかわからなかったのに、十歳のマコは当たり前のように言った。

「問題はね、その人が人の奥さんだったっていうこと――」

ぼくはやっぱり呑み込めなかったが、胸がドキドキした。

「二階で手紙ばかり書いていたけど、すぐに見つかって破られちゃうの。かわいそうだった。細い声で泣くの」

ぼくたちの周りには、茱萸の汁の甘い匂いが漂っていた。マコの目は、狡《ずる》い子猫

みたいに炯り、その縁が赤らんでいる。

「その人のお母さんが、一度東京へ帰って、あたしがその人といっしょの部屋に寝ることになったの。あたしは嬉《うれ》しかった」

「どうして？」

「だってそうじゃない？　そういうものでしょ」

「ぼくだったら、怖い」

「子供ね」

　マコは、ほんとうにぼくを軽蔑しているようだった。

「桜が散った寒い晩だったわ。気がついたら、いつの間にかその人があたしの布団《ふとん》にいるの。パジャマの釦《ボタン》が外されていて、あたしの裸の胸にポタポタと涙が降ってるの」

　ぼくの動悸はだんだん激しくなった。なぜか、いつか見たマコの黒いパンツが、目の裏に浮かんだ。

「熱かったわ。火傷《やけど》しそうに熱かった。それからあの人は声を上げて泣いた。あたしを抱き締めて、ワアワア泣いたの」

「――」

「――それだけ」

母屋の縁側を、ミコがチョコチョコ走っている。ぼくたちを探しているのだ。

――マコが逃げた。姿勢を低くして、庭の奥にもう一つある、山茱萸の灌木へ走った。すばしこい猫のようだった。そこは、ぼくのいるところから、二十メートルも離れていただろうか。山茱萸の群れに隠れたマコが、上半身だけ覗かせてぼくに言った。

「見ちゃだめよ」

「――?」

「何してるか、わかる?」

「――――」

「オシッコよ」

ぼくは足を滑らせて転んだ。ぼくを見て笑ったマコの唇は、山茱萸に濡れて赤かった。けれどマコの声は、その午後の澄んだ秋の空気よりも、もっと澄んでいた。

翌昭和二十年の七月、父と祝田少佐の師団は、家族にも行き先を言わないで、南方へ移動していった。ぼくの一生でいちばん豪勢だったお邸《やしき》みたいな官舎とも、さよならだった。東京の家がどうなっているかは、皆目《かいもく》わからなかった。三月の大空襲で、東京は一面の焼野原になったというから、そんなところへ戻るわけにはいかない。ぼくたち家族は、青函連絡船から汽車に乗り継いで、両親の郷里の富山へいくことになった。祝田家のマコやミコたちは甲府の少佐の実家へ帰るという。札幌を離れるのは、マコたちの方が先だった。祝田家がお別れの挨拶にきた。暑くなりそうな七月の朝だった。マコはこの一年で、ずいぶん背が伸びたようだ。ノースリーヴのブラウスから覗くマコの肌が眩《まぶ》しくて、ぼくは冷たくあしらってきた、妹のミコとばかり話していた。とうとうぼくたちは、何の言葉も交わさないまま別れた。大きな入道雲がポプラの林の上に湧き上がり、その日からマコたちの消息は今日まで知れない。

　戦争が終わって数年経ち、中学生になったぼくは太宰の『斜陽』を読んだ。二、三ページ読んでびっくりした。そこにはこう書いてあった。――《……お母さまは、つとお立ちになつて、あづまやの傍の萩のしげみの奥へおはひりになり、それから、萩の白い花のあひだから、もつとあざやかに白いお顔をお出しになつて、少し笑つて、「かず子や、お母さまがいま何をなさつてゐるか、あててごらん。」とおつしやつた。「お花を折つていらつしやる。」と申し上げたら、小さい声を挙げてお笑ひになり、「おしつこよ。」とおつしやつた。……》

あの山茱萸の秋から、もう六十年になる。

鉄路のほとり　久坂葉子

1

花という文字が盛りと爛熟を想わせ、樹が直線と真摯さを連想させるならば、葉は私たちに何を想わせる？　つややかな緑は若さであろうか。細く走る葉脈は若者の勁烈さかもしれない。そして葉と葉の触れ合ってそよぐ音は、若さゆえの含羞《はじらい》にも聴こえる。私には、〈葉〉という文字に対して頑迷な浪漫主義がある。

　中学生のころ、私は葉《は》山《やま》嘉樹《よしき》という小説家を感傷的な浪漫作家と信じきっていた。「海に生くる人々」を夏の終りの海辺に繰りひろげられるガラスのように脆《もろ》い青春の物語と勝手に思いこんでいたのである。だからはじめて葉山嘉樹を読んだとき、石炭船で働く労働者たちの汗の匂いにひどく裏切られた覚えがある。プロレタリア文学などであろうとは、夢にも思っていなかったのである。そしてその迷信のきたるところは、ひとえに〈葉〉という一文字なのであった。

久坂葉子――それは私の出逢った中でもっとも美しい、女の名である。

久坂葉子――昭和六年、神戸に生れる。本名・川崎澄子。二十四年夏、島尾敏雄の紹介で富士正晴らの同人誌「ＶＩＫＩＮＧ」に参加、多くの小説を書く。二十六年「ドミノのお告げ」が第二十三回芥川賞の候補作になる。女学生時代より数回の自殺未遂の後、昭和二十七年十二月三十一日、阪急六甲駅で飛び込み自殺。二十一歳。

　葉子と言えば「雪国」の葉子を思い出す。雪国へ向う夜行列車のガラス窓に映る白い顔の中に野山のともし火がともる、という鮮かな登場をする葉子は、その声も《悲しいほど美しい声であった。高い響きのまま夜の雪から木魂《こだま》して来そうだった》。昭和十年から書き出された「雪国」の序章は鮮烈だった。しばらくの間、全国の文芸同人誌に《悲しいほど美しい》という形容が氾濫したという。小学生のころから文学好きの父親の影響で句作に親しんでいたという久坂葉子が「雪国」を読んでいないわけがない。

　有島武郎の「或る女」のヒロインも葉子であった。大正八年に書かれた早月葉子の、封建的な因習に反抗しながらも自我の確立を果たし得なかった悲劇の生涯は、久坂葉子の少女時代、つまり第二次大戦直後にはまだ十分に現代的であったに違いない。文学少女、久坂葉子にとって「雪国」はわずか十年前、「或る女」にしたところで二十数年前の作品なのである。今日《こんにち》で考えてみれば、二十数年前と言えば大江健三郎が「死者の奢り」を書いたころのことである。だから、この二人の葉子は当時としては鮮かすぎるくらい鮮かな女だったろう。川崎澄子という終戦後ならどこにでもいただろう平凡な名前の少女が、自分のペンネームを考えたとき、この二人の葉子のことを想ったかどうかはわからない。しかし私は「雪国」を読むたびに、私がはじめて久坂葉子を識《し》った『私はこんな女である』（昭和三十年、和光社）という作品集の巻頭の、ショールに顎をうずめた和服姿の仄白い顔と、《悲しいほど美しい声》の娘とを重ねあわせてしまうのである。「或る女」の葉子の破滅の人生を考える時、大晦日の六甲駅、鉄路のほとりで驀進して来る電車を待っている久坂葉子を想ってしまうのである。このイメージは私の勝手である。誰にも邪魔されたくない私だけの幸福な勝手である。

竹久夢二が菊坂ホテル時代に愛した女にお葉という女がいる。はじめ責め絵で有名な伊藤晴雨《せいう》のモデルをしていたが、その後夢二の愛人になる。本名は佐々木カ子《ネ》ヨといったが、夢二がお葉という感傷的な名をつけたのである。夢二には自分の勝手なイメージで女の名を変えてしまうことがよくあった。笠井彦乃は一時、山路しのと呼ばれていたし、「宵待草」のモチーフと言われる犬吠埼の夏の佳人も、長谷川賢《かた》という名を、夢二がお島さんにしてしまったのである。お葉については夢二自身が撮った写真が数多く残っているが（栗田勇『竹久夢二写真館・女』新潮社）、儚《はかな》さと淫らさが何の不思議もなく一人の女の中に同棲しているような、つまり男にとってはまことに危険な女であったようである（この写真が樋口可南子に大変よく似ている）。川端康成が「末期の眼」の中で書いている有名な話だが、夢二の住まいを訪ねたら留守で一人の女が鏡の前に坐っていた。その後姿が夢二の絵そのままなので驚いたという。《夢二氏が女の体に自分の絵を完全に描いたのである。芸術の勝利であらうが、またなにかへの敗北のやうにも感じられる》。それがお葉だった。

そう言えば島崎藤村の『若菜集』巻頭の詩も「おえふ」であった。《岸の桜の花影にわれは処女《おとめ》となりにけり》。おきぬ、おさよ、おくめ、おつた、おきく、と連なる美しい六つの女の名の最初が〈おえふ〉なのである。

「おえふ」と言えば、〈お葉〉であろう。ここにも一人お葉——葉子がいた。十数年前、私が「時間ですよ」というテレビドラマを制作したとき、サイドストーリーで絵に描いたような薄倖の悲恋の男女の話をつくり、その名前を考えたことがあった。小説を書く楽しみは私は知らないが、ドラマをつくるときの楽しみの一つは登場人物たちにどんな名をつけるかにある。篠ひろ子のこのヒロインのときも、お葉にしようかお涼にしようかとずいぶん迷った記憶がある。結局《葉っぱの葉と書いて、お葉と申します》よりは《涼しいと書いて、お涼と申します》の方が台詞として恰好いいだろうと思ってお涼にした（その愛人の風間の方は、東映の「唐獅子牡丹」の池部良がやっていた風間重吉からいただいた）。あれはやっぱりお涼でよかったのである。お梅やおせんでは、何とも具合が悪いのである。男というものは、女の名に妙に拘《こだわ》ったり幻想を抱いたりするものなのだ。

〈葉〉という文字はいろんなことを想い出させる。太宰がはじめて世に知られた『晩年』の巻頭の作品が「葉」であった。《選ばれてあることの恍惚と不安と　二つわれにあり》というヴェルレエヌのエピグラフがあって、いきなり《死のうと思っていた》とはじまる「葉」の詩とも箴言《アフォリズム》ともつかない数々のフレーズは、戦後の文学少年少女たちの聖書《バイブル》であった。久坂葉子が同人誌へ参加して堰《せき》を切ったように書き出した昭和二十四年は、太宰の衝撃的情死の翌年である。その投影がなかったはずがない。ごく初期の作品である「入梅」に既にそれは色濃く出ているし、芥川賞候補になった「ドミノのお告げ」（最初は「落ちてゆく世界」の題で発表された）などは、戦後の没落華族の家庭を描いている点や、主人公雪子と懶惰《らんだ》の気配にある弟信二郎の関係や、誰が読んでも「斜陽」を想うことだろう。これは私の想像だが、選考会の席上でもきっとそれが指摘されたに違いない。そのころの数多《あまた》の太宰のエピゴーネンたちと一緒にされたとしたら悲しくも残念なことだが、ちょうど時期が時期だっただけに久坂葉子にとってこの素材が有利だったとは思えない。太宰があれほど欲しがった芥川賞の候補に久坂葉子が選ばれたのはわずか十九歳の時である（太宰は石川達三がブラジル移民の話を書いた「蒼氓」で受賞した第一回の芥川賞の、やはり候補であった。昭和十年のことである）。これは多分慶応在学中に「三田文學」に書いた「バンドボーイ」で、同じ十九歳のとき候補になった坂上弘と並んで、芥川賞候補の最年少記録ではないかと思われる。もし太宰が昭和十年に芥川賞を貰っていたらどうだったろうと考えることがある。同じように、もし久坂葉子がこのとき間違ってでも当選していたら、その後どうなっていたのだろうか。少なくとも昭和二十七年の大晦日に〈鉄路のほとり〉に立つことはなかっただろう（〈鉄路のほとり〉とは久坂葉子が最後に愛した男——多分、島尾敏雄のことだろう——に彼女自身がつけたいかにも文学少女らしいニックネームである）。向田邦子が直木賞など貰わなかったら死ななくてすんだであろう、と思う逆である。しかし妙な言い方だが、久坂葉子はああやって死んでくれて良かったのである。人は死ぬべきときに正確に死ぬものだ。不慮の死とか、突然の訃報とか、人はいろいろ言うけれど、人間はそれなりに起承転結正しく死ぬものなのである。三島由紀夫が市谷台で死んでいなければ、既に還暦である。赤いちゃんちゃんこを着てお道化てみせる三島由紀夫など猿芝居よりも滑稽である。あるいは六十歳とは信じられない筋肉を誇示しているとしたならば、これまたナンセンスである。人は正しく死んでくれなければ、まわりが困ってしまう。

《私は、その男の写真を三葉、見たことがある》。ここにも〈葉〉という文字が現れる。同じ太宰の「人間失格」の書き出しである。主人公の名前は大庭葉蔵である。私にはどうしてもこの名前と、久坂葉子という名前が親戚に思えてならない。二人とも滅びて行かなければならない種族である。限りなく戦闘的でありながら心優しいインディアンである。「人間失格」の結びはこうである。《私たちの知っている葉ちゃんは、とても素直で、よく気がきいて、あれでお酒さえ飲まなければ、いいえ、飲んでも……神さまみたいないい子でした》

2

しん底冷え切つた朱色の小匣《こばこ》の
真珠の螺《ら》鈿《でん》。
若死をするほどの者は
自分のことだけしか考へないのだ。

伊東静雄の「若死」という詩の一節である。夭折にあれほど拘泥した三島由紀夫が、生前、ことあるごとに引用し愛唱していた一節である（伊東静雄は戦前のコギト派の詩人で、ほかにも「水中花」や「八月の石にすがりて」など、それこそ〈真珠の螺鈿〉のような美しくも鋭利な詩篇がいくつもある）。三島由紀夫にくり返し言われるまでもなく、若死は古典的な麻薬である。自分の死を〈夭折〉と呼ばれたいという夢想は、少年の日の性欲に似ている。一日中、体を熱くしてそのことばかり考えることがある。気を紛《まぎ》らせようとしても、想いはすぐに同じ処に還ってしまう。同じように、他人の若死を悼《いた》み惜しむ感傷は、中年の悲しい性欲に似ている。自分の目の濁りを鏡に映して、歪んだ笑いを浮かべてみる、あの自虐の快感に似ている。自分にも幾度かあったかもしれない夭折の機会を、心弱くやり過してしまった悔いが、はりつめた少女の肌を愛撫する指先を、こよなく優しく淫蕩にさせるのである。そして、この両者の感傷に支えられて〈夭折〉はいつの世にも性的な麻薬なのである。

《結末のないお芝居の幕が降りようとした。その幕が降りきらないうちに観客はあくびをして立ち上った。幕は中途半端なところで中ぶらりんに垂れていた》（「灰色の記憶」）と自嘲して、久坂葉子が阪急六甲駅で飛び込み自殺したのは、昭和二十七年十二月三十一日。久坂葉子、二十一歳、夭折であった。

久坂葉子が生きていれば曾野綾子と同年である。久坂葉子が関西の「ＶＩＫＩＮＧ」に書いていたころ、曾野綾子の方は東京で「ラマンチャ」や第十五次の「新思潮」などの同人誌で認められはじめた、やはり新進の才女であった。曾野綾子が「遠来の客たち」で芥川賞候補になった昭和二十九年、私は十八歳の高校生だったが、何かの雑誌で見かけた知的な容貌との相乗効果もあって「遠来の客たち」や「バビロンの処女市」などのつつましい知性の輝きが少年の目にはなんとも眩《まぶ》しかったものである。その曾野綾子の珍しく個人的な告白がある。《……私にとって文学上の嫉妬という言葉であらわさねばならぬ才能にぶつかったのは、久坂葉子氏ただひとりだったのである。彼女はその当時から、私にないそして私の好きなすべての才能を持っていた。……》、曾野綾子ほどの人を嫉妬させたのはきっと才能だけではない。想像するに曾野綾子が何よりも口惜しかったのは、才能そのものよりもむしろ、その才能の夭折だったに違いない。半年違いの同い年、同じような美貌、そして並び称された煌《きらめ》く才能、しかし競うべきいまひとつの彗星はあっという間に冬の夜空に、曾野綾子にしてみれば恐らく嘲笑するように消えてみせたのであった。曾野綾子に夭折願望があったかどうかは別にして、彼女の口惜しさは出し抜かれた口惜しさであった。どんなに足掻いたところで、死んだ奴には敵《かな》わないのである。

　轢断《れきだん》された久坂葉子の遺体は神戸市生田の自宅には還らず、布引山の川崎家の菩提寺、大円山徳光院に運ばれた。久坂葉子つまり川崎澄子の曾祖父、川崎造船の創始者、川崎正蔵の寄進によって明治三十九年に開山された寺である。有名な布引の滝のすぐ近くに今もある徳光院には、重要文化財に指定されている室町中期の多宝塔があるため、ここを訪れる人は決して少なくないが、その一隅に一人の夭折の美少女が眠っていることは、ほとんど誰も知らない。

　神戸に住んでいる人々を中心に、今でも「久坂葉子研究会」というグループがあると聞く。久坂葉子が唐突に死んで三十数年である。多分、祥月命日である大つごもりの夜は百八つの無常の鐘を聴きながら、その人と文学についてひっそりと語られているのだろう。夭折と伝説とは、ごく近い血縁関係にある。研究とは言っても、それは伝説の復誦と、より神秘的なその伝承のことであろう。私をも含めて、久坂葉子に拘《こだわ》るということは、その文学と同じくらいにその若死に拘るということなのだ。私がもしその研究会の主宰者ならば、その文学について研究しないことをテーマに掲げるだろう。例えば「華々しき瞬間」という作品は、文学的に解析すれば『贋久坂葉子伝』を書いた富士正晴《まさはる》の言うように〈軽薄な作品〉ということに容易になってしまうのだが、これをもし彼女の仄白い肖像を想いながら口にとなえてみれば、文学を確かに超えて胸の中を一種の法悦感でみたすことができるのである。ここまで来ると、それは文学というよりは経文なのである。もっともこのような現象は、久坂葉子に限らず例えば桜桃忌に集まる太宰ファンにも見られることである。それはそれでいいのだと思う。文学というものは、必ずしも正しい研究をしなくても良いものなのだ。精神分析医にかかればわずか三行のカルテで片づけられてしまう安物の感傷や偏愛が、正確な文芸批評を超えてしまうのも、真実なのである。

最近の厚生省の調べによると、とうとう日本人の平均寿命は、男七十数歳、女は八十歳を越えたという。これが私の生まれた昭和十年には男四十六歳、女四十九歳だったというのだから、まさに《人間五十年、下天《げてん》の内をくらぶれば夢幻のごとくなり》だったのである。だから、あれだけの作品を書いた漱石が大正五年に死んだとき、世間はそれほどびっくりはしなかった。享年五十歳だったのである（今の作家で考えれば、曾野綾子をはじめ、いわゆる第三の新人たちがそろそろ還暦を迎えようとしているのだから、なんとなく不思議な気持にもなってしまう）。平均寿命がのびれば夭折の定義も変って来るのだろうか、という疑問がここにおこるかもしれない。例えば、女の寿命が五十三歳だった戦後のころの久坂葉子の死の年齢、つまり、二十一歳は、単純な比例計算では、現在の何歳にあたるのだろうか。「$\frac{21}{53}=\frac{X}{84}$」これを解くと何と三十三歳という答えが出てしまう。夭折の上限を仮りに三十三歳としたなら、これは滑稽である。一つ二つは何か職にも就き、片恋、不倫、あわせて五つ六つを数えた三十三歳の才女が、どんなに劇的に死んでくれても、それを〈夭折〉と言われたら私たちは一斉にブーイングを行うことだろう。その死の身勝手さは、許されない身勝手さなのである。〈自分のことだけしか考へない〉身勝手が許されるのは、だから、どんなに平均寿命がのびようとやはり久坂葉子までなのである。そして、ふと思うのだが、この先のことはわからないにしても、久坂葉子の身勝手な若死は、日本の文学史上、最後の〈夭折〉なのではあるまいか。

　戦後はほんとうに遠くなってしまった。ドラマの世界では、大正ロマンの頃は既に時代劇である。戦中戦後という時代さえもう霧の彼方に模糊としはじめている。具体的に言えばその頃のドラマを作ろうとしても、置道具や小道具、衣裳などがなかなか思うように集まらない。そのくせ鮮烈な時代だっただけに、それらの物についての記憶だけは妙にはっきりしていて適当なところで納得するのは気持が悪い。あの時代とはもう縁を切ろうと思いつつも、目を閉じると八月十五日の青すぎるくらい青かった空が蘇る。なんとも厄介な時代なのである。模糊とした霧が時折なんの前ぶれもなく急に晴れたりするので戸惑ってしまう。例えば井上靖の「三の宮炎上」という短篇をドラマにしようと二十年前に大原麗子と約束したことがある。戦時中の、〈不良少女〉という言葉にまだロマンチシズムのあった頃の話である。大原麗子の方は今でもその約束を覚えているが、私は忘れよう忘れようとしている。どうしてかはよく判らないが、これは忘れなければいけない約束なのである。涙を流しながら啖呵《たんか》を切る「三の宮炎上」のあの不良少女は久坂葉子だったのかもしれない。その少女は、今ではもう異常に執着だけすべき少女であって、再現しようとしてはいけないのである。昭和二十年のあの日、美しく炎上した三の宮駅はもちろんない。久坂葉子が幼時を過した布引の川崎家は、今は新神戸駅になっている。二十一歳の久坂葉子が、昂然と胸を張って、三の宮発急行電車を待っていた阪急六甲駅も、今ではどこででも見られる明るい私鉄沿線の小駅になってしまった。

思えば、私が高円寺の古本屋で和光社という聞いたこともない出版社から出ている『私はこんな女である』という紙質の粗悪な本を手にとったのは、高校を出た翌年、昭和三十年の秋——予備校のノートの余白に〈夭折〉という文字を書きつらねていた頃であった。

写真の女

〈少年時代〉の話である。恥に時効があるとは思わないが、〈少年時代〉だけは、どんな恥ずかしいことだって〈許されていい時代〉だと思う。そこは人生の中の、治外法権の国なのだ。その時代のどんな乱暴も、どんな傲慢《ごうまん》も、どんな奇行にだって免罪符が与えられているような気がする。それはもう、青い靄《もや》に包まれた森の木立の中に、霞《かす》んでしまっているからだ。怯懦《きょうだ》なぼくは〈少年時代〉という隠れ蓑に隠れて、ようやく〈恥〉について話すことができるのだ。だからこれからする薄桃色の陽炎《かげろう》みたいな話も、青い森の中の出来事である。

　ぼくは中学二年で、十四歳だった。そのころぼくが住んでいた北陸の市《まち》は、曇りや雨の日が多かった。北アルプスの登山口で有名な市だったが、肝腎の青い山脈が見渡される日は、一年のうち数えるほどしかなかった。ぼくの記憶の中では、街の繁華街の〈白樺〉とか〈山小屋〉とかいう喫茶店の灯入れ看板は、いつだって冷たい雨に濡れていた。あのころは、一年の半分はゴムの長靴を履いていたような気がする。長靴を履くのは雨の日ばかりではない。年中降っていた雨は、冬になるとそのまま雪になる。戦前は軒下まで雪が積もって、二階の窓から出入りしていたというが、ぼくたちのころはそれほどではなかった。近所の年寄たちは、雪が少なくなったのは〈ピカドン〉のせいだと声を潜めて教えてくれた。それでも、朝起きて一メートルや二メートル積もっているのは、ちっとも珍しいことではなかった。つまりゴム長を履いていたって、ほとんど役に立たないのだが、北国の長靴は底に深い溝が切り込んであって、それがないと雪道で滑ってしまうのだった。それでもポケットに手を突っ込んで歩くと、凍った道ではすぐに滑って転ぶ。東京で雪が降るとかならず怪我人が出るのは、みんなポケットに手を入れているかららしい。咄嗟《とっさ》のときに、両手で体のバランスをとることができないのだ。

　学校から歩いて十五分ほどのところに、三年前に庵主《あんじゅ》さんが死んで無人になった尼寺があった。台風で屋根瓦が飛び、毎年の雪の重みで軒が傾き、入り口の戸が外れて窓ガラスも破れたままだったから、お化けの出そうな廃屋だった。けれどぼくたちにしてみれば、そこは恰好の隠れた遊び場だった。ほんとうの不良になる度胸もないくせに、不良ぶっていたぼくたちは、何かといってはその尼寺にこっそり集まっては、仏さまが床に転がっている本堂で花札を引いたり、庵主さんの部屋で煙草の回し喫《の》みをしたり、いま思えば他愛のないことばかりだが、それでも当人たちにしてみればスリリングだったのだろう。ご丁寧に交代で見張りに立ったりしていたものだった。背の高い孟宗竹《もうそうちく》の林の中のお寺だったから、人に見つかることなんかあるはずがないのに、枯れた竹の葉を踏んで走る猫の足音にも、ぼくたちは顔色を変えて飛び上がったりした。

　猫と言えば、三年前まで法楽院といっていたその尼寺は、野良猫の棲家《すみか》でもあった。竈《かまど》の中に灰まみれのが二匹、木魚の座布団《ざぶとん》の上に丸まっているのが二匹、他にも襖《ふすま》の破れた押入れに三匹といった具合に、全部で七匹はいただろうか。彼らは「妖奇」とか「りべらる」とか、そのころ〈カストリ雑誌〉と言われていたエロ本を折り重なって見ているぼくたちを、馬鹿にしたような目で眺めているのだった。ぼくはいまでも、不良仲間たちの顔といっしょに、法楽院の猫たちの顔を一人一人思い出すことができる。きれいな毛並みをしているのに、片目がつぶれた可哀相な〈メメ〉、肥りすぎの〈百貫〉、流し目が色っぽい〈エロ〉――みんな少年の日の仲間だった。

　あと一週間で一学期が終わる七月の夕暮れだった。風が止《や》んで竹の葉擦《はず》れの音も聞こえない。ぼくたちはシャツを脱いだ上半身裸で、本堂の板の間に寝そべってアイス・キャンディを舐《な》めていた。一本五円の、棒つきのミルク味である。これが小豆入りだと七円だった。ぼくたちは大抵五人がレギュラーだったが、その日はいちばん形《なり》の小さい〈フー公〉がいなかった。古川だったか、古橋だったか忘れたが、とにかくフー公は群を抜いて勉強ができなかった。街の写真館の息子の〈ター坊〉は家が裕福だったから、ぼくたちの煙草を調達してくるのはいつも彼だった。家が鉄工場をやっている〈オッサン〉は野球部の主戦投手だったが、市の大会でぼくたちの中学が二回戦に進んだことは、一度だってなかった。〈ゴーレム〉は体が人並み外れて大きかったから、ゴーレムだった。そのころ「巨人ゴーレム」という映画が評判だったのである。ゴーレムは郊外の浄土真宗のお寺の跡とり息子だった。そしてぼくは、なぜか〈ジャック〉と呼ばれていた。

　息を弾ませて、顔を真っ赤にしたフー公が飛び込んできた。ズボンのポケットの中のものを、しっかり握り締めている。「ホームランだ」――フー公は誇らしげに笑み崩れた。汗に濡れた手で、ポケットから四、五枚の写真を摑《つか》み出して、フー公は本堂の床に叩きつけるように並べた。本物のエロ写真だった。ゴーレムが濁った声で呻《うめ》いた。オッサンは西部劇のインディアンみたいに奇声を上げた。ぼくは顎《あご》が震えて声も出なかった。——半裸の西洋女や、肩を抜いた長襦袢《ながじゅばん》の芸者の写真なら、ぼくたちはカストリ雑誌のグラビアで飽きるほど見ていた。けれど、フー公が手に入れてきたキャビネ判の写真の女は、真っ裸で、その上〈ヤッている〉最中だった。こんな凄いものを見るのは、みんなはじめてだった。男の方は後ろ姿の腰の辺りしか写っていないが、女は思い切り広げた両足の足首を男の手に力いっぱい摑まれ、苦しそうに仰《の》け反《ぞ》って、枕からパーマの頭を落としている。ぼくたちの目は、男と女が繋《つな》がった黒い部分に吸い寄せられて離れようとしなかった。

いまにぼくも、こんなことをするのだ。——ぼくはびっくりした後、何だか感動した。もちろんぼくの十四歳のアソコは、エボナイトの電話器みたいに硬くなっていた。でも、硬くなっていたのはそこだけではなかった。ぼくの首も腕も、床についた膝も、硬直して痛かった。馬鹿みたいに弛《ゆる》んだゴーレムの口から、ミルク色のアイス・キャンディの溶けた水がポタリと落ちた。それは正確なアメリカの爆弾のように、女の淡い毛の上にゆっくりと落ちた。

いま思い出しても、あれは凄い写真だった。何が凄いかというと、写真の女がちょっとそこらにはいないくらいの、きれいな女だったのである。半開きの口元からこぼれる歯は陶器みたいに白々と並び、辛《つら》そうに顰《ひそ》めた眉は新月のように鮮やかで、焦点を失った両の目は涙に濡れて、まるでこの世に別れを告げているように見える。女は陽炎に包まれて写真の中で漂っているようだった。女の体には崩れというものがなかった。粒子の荒れた写真なのに肌理《きめ》が細かく、首筋に浮き出た血管の中には、血の代りに温かなミルクが流れているのではなかろうか。——ぼくは疑いもなく、あのとき、あの写真の女に恋していたのだと思う。

猫のメメが啼《な》いた。嬉《うれ》しそうにミャーと啼いた。

写真は四枚あったが、ぼくたちが最初の一枚に目を奪われてしまったのは、きっと写真の女が苦しそうに顎を上げ、口を半開きにして仰け反っていたからだと思う。ポーズはそれぞれ異なっていたが、四枚とも女は辛そうだった。たとえば女は、仰向けに寝そべっている男の上に跨《また》がっていても、堪《こら》え難そうに顔を顰《しか》めていたし、男に四つん這《ば》いに押し伏せられている構図の中でも薄汚れたシーツの端を、蟹みたいに骨ばった指で摑《つか》んで、いまにも死にそうに見えた。男の方は、腕とかお尻とか、部分は写っていても顔だけは見えないようになっている。何だか卑怯だと思った。こんなきれいな女が、ぼくたちに向って、顔はおろか、小さめな胸や真っ白な腋《わき》の下や、タンポポの和毛《にこげ》のようにふわふわした薄い毛まで曝《さら》しているというのに、男だけわざと顔をそむけたり、画面から外れて写っているのは、狡《ずる》いと思ったのである。チビのフー公も、オッサンも、乱暴者のゴーレムでさえ痛ましそうな顔をしているのをぼくは見た。写真館の息子のター坊だけは、ピントが甘いとか、構図が不自然だとか、冷静だった。

　ああした写真の女というのは、どうして約束されたように辛そうな顔をしているのだろう。外国のエロ写真では、陽気に遊んでいるみたいな女がときどきいるが、この日の写真の女をはじめ、日本の可哀相な女たちは、いつだって苛《いじ》められているように見える。それに対応して、顔は見えなくても、写真の男たちはみんな逞《たくま》しく、暴力的なのだ。大人の男と女の間には、そういったルールでもあるのだろうか。

――尼寺は暑かった。アイス・キャンディはとっくに溶けてしまった。あの日、十四歳のぼくたちの胸の底には、青い匂いのする性欲も確かに淀んでいたが、いまにぼくたちも大人になって、写真の男とおなじことをするんだという、怖れと、水のような感動もあったと思う。そう――あれは、感動だった。

　あのころのエロ写真は、たいてい待合風の旅館の部屋で撮影されていたものだ。だから写真に写っている小道具は、薄っぺらな布団《ふとん》と、枕元の水差しとコップと、小振りの鏡台ぐらいのものだったが、フー公の仕入れてきたその日の写真は、ちょっと様子が違っていた。どう見ても男と女が寝ているのは、ぼくたちの家とおなじような普通の民家なのだ。茶箪笥《ちゃだんす》がある。壁にかかった割烹着《かっぽうぎ》の裾《すそ》と、カレンダーが見える。皿と箸の載った卓袱台《ちゃぶだい》も写っている。尺五寸丸の使い古した卓袱台である。——けれど、その割に写真の女がきれいにお化粧しているのが不似合いだった。眉は細く描かれているし、髪はパーマに行きたてのようだ。オッサンが小さな虫眼鏡を持っていた。みんなで交代に写真を仔細に点検した。複写を重ねたものだったから、粒子は荒れているはずなのに、それでも女はきれいだった。もし街で遇ったら、ぼくたちはきっと振り返って、後を尾《つ》けたことだろう。

　少年が何人か集まると、当時はかならず〈少年探偵団〉になったものだ。みんな冒険や探検が大好きだった。鉄条網で囲われた昔の聯隊《れんたい》跡に忍び込んで、とり壊された兵舎の中で鉄砲の部品なんかを見つけようものなら、クック船長の財宝でも発見したみたいに興奮したものだ。だからター坊が、この写真は俺たちの町で撮られたものだと呟いたときは、ぼくたちの間に戦慄みたいなものが走り回った。この手の写真は、噂ではほとんどが東京か大阪から流れてきたものらしいが、かと言って、場所を特定できるようなものが画面に写っているわけではなかった。ところがター坊は、間違いなくこの町だと言う。理由は、壁のカレンダーの写真が北アルプスを日本海側から撮ったものだということだった。ピントもボケているし、ちょっと見ただけではわからないが、オッサンの虫眼鏡で覗くと、確かにそうだった。それから、ぼくたち少年探偵団の推理がはじまった。当然、妙にリアルな写真の背景が問題になった。ぼくはもう一度虫眼鏡をその部分に近づけた。卓袱台の皿の上にあるのは何だろう。横からゴーレムが、蒲鉾《かまぼこ》だと言う。そうかもしれない。二切ればかり残った蒲鉾の皿に、醤油らしい黒い液体が光り、その脇に黒い男物の塗り箸が投げ出されている。――ぼくはアッと思った。

蒲鉾の白い身に、黒い渦巻きがあるのだ。それは、たぶんこの地方にしかない昆《こ》布《ぶ》巻《ま》きの蒲鉾だった。日本海に面した北陸のこの市《まち》では、この昆布巻きの蒲鉾と、鱒の寿司が代表的な名産品だった。蒲鉾は、身が締まっていて、火に炙《あぶ》って食べると香ばしくて美味《うま》かった。酒の肴にもいいし、ご飯のおかずにもなる。それが卓袱台にあれば、北アルプスのカレンダーのこともあって、ター坊の推理は正しい。

「ということは――」

フー公の細い視線が尼寺の天井を彷徨《さまよ》う。

「これは、女の家《うち》かもしれない」

ゴーレムの鼻息が荒い。フー公が後をつづける。

「ということは――この女が、この町にいるかもしれないってことだ」
そこで、ぼくたちの会話は途絶えた。みんな黙ったまま、たぶんおなじことを考えていた。――風のない〈妄想〉の午後だった。

ここから嘘みたいな話になる。――一年ほど経って、やはり暑い日曜日の午後だった。ぼくは社会科の研究発表の下調べのために、市の外れにある図書館行きの市電に乗っていた。黄色に近い茶褐色の路面電車だった。戦争が終わってまだ日が浅く、道路の整備が悪いままだったから、ぼくたちの市電は走りながらやたらに揺れた。窓から入ってくる風は生温《なまぬる》く、その中には焼け跡の匂いが交じっていた。この市はちょうど四年前の八月、アメリカの焼夷弾に丸焼けにされたのだった。ぼくの記憶では、一つの都市が燃えた匂いは、十年経っても消えようとしなかった。――ぼくが坐っている座席の前に、いま乗り込んできた女の子が立った。小学校一、二年の子だった。ぼくは体を少しずらして、その子が坐れる席の隙間を作ってやった。ところが女の子は、不機嫌そうに眉根に皺《しわ》を寄せて、首を横に振るのだった。変に大人じみた愛嬌のない子である。――そのとき、ぼくはオヤ？　と思った。提灯袖《ちょうちんそで》の白いブラウスに、紺のジャンパースカートのその子が、ぼくに〈写真の女〉を思い出させたのだ。似ていると言えば、確かに似ている。汗ばんだ富士額や、ほつれた後《おく》れ毛、何よりも子供のくせに眉の間に刻まれた深い皺――その顔が、目の前にある。ぼくは息が苦しくなった。写真の女の辛そうな表情が、女の子の顔にダブって見えるのだ。もちろんぼくのズボンの中で、ぼくの体は硬くなっていた。小学生の女の子に、中学生のぼくがそんなになるなんて――それは恥ずかしいことだった。まだ図書館の町まではかなりあったが、ぼくは電車を降りようと思った。――そのとき、その子の肩に、後ろに立っていた女の白い手が、何気なくかけられた。ぼくはその手を伝って、ふと視線を上げてしまった。ずいぶん長いこと生きてきたが、あんなに驚いたことはない。ぼくは、ほとんど座席から落ちた。女の子の母親らしいその女は、〈写真の女〉だったのである。

　父親らしい大きな体の男も、女の隣りに立っていた。体は立派だが、眉の端が垂れた大人しそうな半袖シャツの男だった。女は和服によくある麻の葉模様のワンピースを着て、手に草臥《くたび》れた夏のパラソルを持っていた。どこでも見かける三人連れの家族だった。ぼくは次の停留所で電車を降りた。白いアスファルトの電車道を、陽炎に揺れながら、黄色い路面電車は遠ざかっていった。

　こんな大ニュースを、ぼくは仲間の誰にも報告しなかった。――たぶんあのころから、ぼくは〈恥〉ということを知りはじめたのだと思う。

消えた狂女たち　保名狂乱

1

あのころは、どこの町にもどこの村にも、きまって狂女がひとりいたものだ。あのころ、というのは、私の少年時代、戦中から昭和二十年代の後半までのころである。

いまにも纏《もつ》れそうに見えて、不思議にリズミカルな足どりで、白目の部分がいやに多い両眼、春の中空に泳がせて、狂女は登校途上の少年たちの群とすれ違って行ったものだ。そのころの狂女は着物を着せられるものときまっていたのだろうか。私は洋装の彼女たちに出逢ったことがない。夏の朝も冬の夕暮れも一枚きりの安銘仙の裾《すそ》を重たく乱して、埃っぽい坂道を下り、鉄道線路に沿ってどこまでも歩いて行くのだった。そういう女につきものの伝説は（少年というものにとっては、小さな噂が、時に伝説に思えたりするものなのだ）「あの女は誰にでもやらせるそうな」

と、どこの町でも相場がきまっていて、少年たちの陽炎《かげろう》みたいに湿ってもやもやした欲望を刺激したものだ。実際、重たく孕《はら》んだ狂女を、私は幾人も見たことがある。薄暗い神社の裏で着物の前をかきわけ、不思議そうに自分の腹を眺めている狂女の赤茶けた髪には、同じ色の赤蜻蛉《とんぼ》が止まっていた。孕んだからには産んだのだろう。人目にも産み月が近づくのがわかるころには、町や村の何人かの若者が気味悪く落ち着かない日々を過したに違いない。更に考えれば、そんな記憶を持った男たちは三十数年たった今日、ある日突然、人生の不安にとり憑かれるのではなかろうか。あれはもしかしたら自分の子だったのではないか、その日から男の中に狂女が蘇る。赤い汚れた帯と笹の枝を曳きずった黄昏の狂女が蘇る。狂女の蘇生は、まぎれもなく人生の不安である。

戦時中から戦後にかけて、私は小学校を五回転校している。不思議なのは、転校して別の町に移ると、そこにちゃんと狂女がひとりいるのである。札幌の創成川に沿って白い時計台を背景に揺れて行く狂女の後姿は、いままで私の見たいちばん美しい情景かもしれない。アメリカの飛行機に追われて疎開した富山の奥の村にも、薄笑いの狂女が私を待っていた。今、思うのだが、当時、いったい何万人の少年たちが彼女たちによって性に目覚めたことだろう。校庭で少年たちの徒手体操が終りに近づく春の真昼、どこからか迷い込んできた狂女の姿に、いままで整然と行われていた体操がみるみる微妙に乱れはじめた情景を、私はいまでも忘れない。私たちの真似をして、しかし変に生まじめに彼女が体操をはじめたとき起った少年たちの哄笑は、笑いにまぎらせた性の呻《うめ》きであった。十一、二歳とは言うものの、決して幼くなんかない、性の呻き声だったのである。

　子供たちに石をぶつけられる狂女というのも、よくある図である。三十年ぐらい前、大学へ行っていたころ歌舞伎座で観た「お夏狂乱」でも、清十郎恋しさに狂ったお夏が子供たちに石を投げられていた。確か季節は秋である。酔った馬子にからまれ、村の童たちにからかわれる哀れなお夏の肩に落葉が舞っていた（お夏を踊ったのが誰かは忘れたが、プログラムの村童の配役のひとりに、そのころの海老蔵の息子、つまりいまの団十郎の幼名があったのを何故か覚えている）。実際、私の狂女たちもよく石をぶつけられていた。獣のようにうずくまって飛礫《つぶて》を避けていた狂女もいたし、悲しく吠えて子供たちに向かって行った狂女もいた。物蔭《ものかげ》から見ている少年にとっては、どちらも何とも言えず性的な情景である。子供は狂女に対しては、野良犬に対するのと同じように嗜虐的なものだ。容赦ない飛礫は当時さかんになりはじめた野球のおかげできわめて正確である。そして敏捷な狂女というものはあまりいないもので、彼女らはただ石に追われて逃げまどうのである。少し智恵の残った狂女は、人家の玄関先に這って逃げる。子供たちの石が硝子《がらす》戸にあたると家人が出て来て子供たちに怒鳴り、彼女は救われるのである。そうして子供たちは散って行き、夕暮れの幻のショーは終る。少年の私はいつも静かな観客だった。私には義侠心もヒューマニズムもなかったのかもしれない。常に沈黙の観客であった。そして、あの日、あの時刻の小さな卑怯な勃起を、私は忘れない。

　狂女を忘れられない私は、七、八年前「平凡パンチ」のグラビアで「風狂女」という組写真を撮ったことがある。モデルはいまは亡い夏目雅子である。安銘仙に臙《えん》脂《じ》の色足袋、少年の日の幻を風の日に探しに出かけたのである。当時の面影を残した家並みや風景がなかなかなくて、ようやく探しあてたのが神奈川県秦野《はだの》の廃屋であった。川っぷちにあるいまにも崩れ落ちそうな屋根と、硝子のほとんど落ちた窓のある半洋館造りの建物は、狂女が息を殺して潜むのに似つかわしい廃屋だった。ここに案内してくれたのは、この町出身の私の演出助手であったが、秦野という町は市内をちょっとはずれると廃屋の宝庫である。いまは使われていない病院の看護婦寮とか、林の中に見捨てられた小さな祠《ほこら》とか、明治時代の天狗煙草という煙草会社の倉庫とか、どきどきする古い建物が取り壊されもせず幾つも残っている。何しろ祠の扉をこじ開ければ昭和十七年に奉納された戦捷祈願の絵馬や千羽鶴、倉庫の壁を見上げれば明治天皇と昭憲皇太后の楕円形に縁取った御真影がかかっているのである。大礼服の仁丹や、中将湯の中将姫の看板などそこら中にある、秦野はタイムマシンの町である。

　廃屋の狂女・夏目雅子は美しかった。私は、夏目雅子と言えばこの時の朱鷺《とき》色がかった長襦袢《ながじゆばん》の狂女を想《おも》い出す。天狗煙草の葛籠《つづら》のような木箱によりかかって薄ら笑いを浮かべた狂女を想い出す。狂っているけど決して暗くなく、汚れているけどちっとも醜くなかった風の中の美狂女は、写真とはいえ彼女のもっともエロティックな作品だと私は今でも思っている。撮影のとき、私たちは本当に彼女に石を投げた。幾つにも股の分れた大きな樹の上に逃げた狂女に、小石の雨が降る。手に持った魔除けの繭玉《まゆだま》の棒で、狂女は飛礫を払いのける。払いのけてもその幾つかは彼女の露《あらわ》な白い太腿に、豊かな腰のあたりに命中する。その昔、いつも傍観者の少年だった私は、石を投げているうちに真剣に興奮していた。そのとき私は初めて怯懦《きょうだ》な観客席から幻の舞台に跳び上り、純粋に性欲的な少年になれたのである。私の中の、そんな思いをつゆ知らず、撮影が終ったとき夏目雅子の言ったことばが彼女らしかった。「ああ、面白かった」

「保名《やすな》」という歌舞伎の踊りがある。「保名狂乱」とも「小袖物狂《ものぐるい》」ともいう。もともとは「蘆屋《あしや》道満《どうまん》大内《おおうち》鑑《かがみ》」という竹田出雲の芝居だったのが、阿倍保名《あべのやすな》が死んだ妻を想うあまり発狂して野を彷徨《さまよ》うくだりだけ独立して舞踊化されたものである。保名は芝居では平安の陰陽《おんよう》師・阿倍晴明《あべのせいめい》の父親となっているが、史実では晴明の父は益材《ますき》とされている。保名は架空の人物なのだろう。私の見た「保名」は二十数年前、先代の団十郎、当時の市川海老蔵のものだったが、これは無類の美しさであった。「恋やこひ、われ中空になすな恋……」ではじまる清元に乗って海老蔵の保名が、一面の菜の花畑を狂い歩く姿は、オフェリア狂乱の場など比べものにならないほど哀れに美しかった。保名が抱いていた亡妻榊《さかき》の前《まえ》の小袖の色も、時代劇でよく病弱の殿様がしている紫縮緬《ちりめん》の病《やまい》鉢巻も、はっきり覚えている。私は男と女の違いはあっても、そのとき保名の縺《もつ》れる足どりに、少年の日の狂女の白いふくらはぎを重ね合せて見ていたのである。狂乱ということ自体、それはとても耽美的ではあるけれど、この踊りは別段性的ではないはずなのに、今でも私にとっては、この日の「保名」は美しい上にこよなく性的な幻の舞台なのである。

それにしても、私の狂女たちはどこへ行ってしまったのだろう。このごろどこの町でも見かけない。彼女たちを見なくなったのは、いったいいつごろからなのかと考えてみると、どうやらそれはあの日の少年たちがおよそ軽率に本当の女の体を知ってしまったそのころのように思われる。識者に言わせれば、そのころから精神異常者の管理が正しくされるようになり、施設も整ってきたからだということになるのだろうが、そんなことではない。この世に少年というものがいる限り、社《やしろ》の杜《もり》に町角に、あの狂女たちがいなくなるわけがない。緋の帯ながく曳きずった性の天使たちがいなくなるわけがない。この人生の不思議を説明してくれる人は、ないものか。

2

そのかみの少年の日、顔そむけるふりをして内心はげしい動悸とともに欲情した〈誰にでもやらせる〉狂女たち、彼女たちは何処へ行ってしまったのか、この頃ついぞ見かけない。日本全国どの町もどの村も明るく健康になってしまって、着たきりの安銘仙に乱れ髪の狂女たちの棲《す》むところ、もはやどこにもないのなら、心の隅の暗がりに、横溝正史の「蔵の中」みたいにこっそり棲まわせるしかない。「蔵の中」の姉弟は、小雪・笛二という。小雪は狂ってはいなかったが生来の聾唖《ろうあ》者で、そのうえ当時は宿痾《しゅくあ》の肺病に罹《かか》っていたのだから、大正末期の都市の中ではやはり狂女の類であろう（「蔵の中」が発表されたのは昭和十年だが、この小説は笛二の追想であるから小雪が美しく血を吐いたのは、多分大正の終りということになる）。私の見た狂女たちはきっと家が豊かでなかったので、家人の目が行きとどかず、町や村を虚ろな眼でさまよっていたのだろう。小雪の生家は本郷の小間物を扱う老舗《しにせ》だったから、この美少女は蔵の中で機械《からくり》人形やぜんまい仕掛けの大時計に取り囲まれて、紅い絹糸にきれいな南京玉を通したり、古い絵草子を眺めて長い一日を過していたのである。東京の町中でも土蔵がちっとも珍しくなかった時代の話である。しかし珍しくなかったとはいえ、やはり当時でも土蔵というものは暗く湿った幻想の温床だったのだろう。多くの作家が土蔵の中に凶々《まがまが》しくも美しい幻夢の世界を描いている。夢野久作の「狂人は笑う」の女主人公も、やはり鉄格子のはめられた蔵の二階に監禁された狂女だし、乱歩は「人でなしの恋」で、夜ごと土蔵に入っては古い浮世人形と恋を語り、遂にはその人形と血の海の中で情死する男の話を書いている。思うに、大正から昭和のはじめにかけて、土蔵は限りない空想を孕んだ密室の舞台であり、黴《かび》の匂いのする絵草子や押絵の羽子板は耽美の世界に欠かせない小道具であり、狂女たちは憧れのプリマドンナだったのである。

テレビドラマをつくっていて何よりつまらないのは、劇中に狂人を登場させてはいけないという厳しいルールがあって、これを犯すと放送禁止になってしまうことである。狂人だけではなく白痴にも知恵遅れにも、当然不具者にも通行証は与えられていない。だから横溝正史の「獄門島」をドラマ化しようとしても、雪枝・月代・花子という白痴の三姉妹が出て来てはいけないことになる。とすれば梅の古木に《鶯の身をさかさまに初音かな》の句に見たててさかさに吊るされた花子の死体はどうすれば良いのだろう。《気ちがいじゃが仕方がない》という有名なキイワードを和尚が呟かなくては「獄門島」は成り立たないのである。少し大袈裟かもしれないが、テレビドラマが芸術になれない一番の理由はこれだと思う。狂人や狂女という真の浪漫の国の住人たちが立ち入ってはいけないところに芸術なんかあるはずがないのである。オフェリアの死は狂死である。ハムレット自身も狂気を装ったし、大石内蔵助の乱心だって正しくは発狂であろう。ジロドゥの名作「オンディーヌ」のハンスも終幕では狂気に脳を支配されるし、「シャイヨの狂女」に至っては狂女が主役なのである。テレビドラマに許されているのは善と悪だけで、日常はあっても非日常の世界は異端視され、常人はうようよ徘徊しても狂人は良識という名の座敷牢に閉じ込められたきりなのである。

　テレビドラマの不自由さに比べ、歌舞伎の世界は狂人の天国である。だいたい〈狂乱物〉と呼ばれるジャンルがちゃんとある。別の名を〈物狂《ものぐるい》〉ともいうが、その内容は様々で、妻を慕うもの、愛人を恋うるもの、失ったわが子を求めるもの、危機を逃れるために狂気を装うもの、と多彩である。狂女物では「隅田川」「お七狂乱」「お光狂乱」「薄雪狂乱」「お夏狂乱」など、タイトルからして哀れで美しく、思わずときめいてしまう。男物狂《おとこものぐるい》には「保名」のほかにも「椀久《わんきゅう》」「仲蔵狂乱」「多門狂乱」「高野物狂」など歌舞伎事典を開けば数え切れないほどの蠱惑的な外題が並んでいる。雪月花、日本の四季を背景に、狂人が狂女が、文字通り踊り狂うのである。花は桜、あやめ、菜の花、萩——どの花も狂女によく似合う。どういうわけか笹の枝を手にした狂女が多く、これを〈狂い笹〉という。ほかには扇を持つ者、恋しい人の小袖を抱く者、更には片肌脱ぎかけの病鉢巻など、どの持道具もかぶり物も、もの悲しくもエロティックなのである。このようにある時代までは体系化さえされていた〈物狂〉は、いまほとんど忘れられようとしている。忘れて良いのだろうか。あの狂女たちへの憧れを、切ないばかりの恋しさを、忘れてしまって良いのだろうか。

狂女たちがこの世からいなくなったわけではあるまい。きっとどこかに厳しく拘禁されているのだ。重い扉の向うに厚いコンクリートの壁に囲まれ、清潔な病衣を着せられて、人権を優しく護られているに違いない。だから狂者の近親でもないかぎり、私たちが彼女たちにふと出逢うことはまずないと言っていい。学校帰りの雨の午後、何やら異様な気配に傘を上げてみると、つい目の先の雨だれの軒下に上目づかいの狂女がひとりうずくまっている、あの恐怖と感動を、いまの少年たちが知る筈がない。これはひとりの男の人生にとって、他者の死を身近に体験したことが幾度あるか、と同じくらい大変なことなのである。人間にとって〈変化〉というものは、生きていたものが死ぬということが一つ、そしていま一つは正常だったものが狂うということ、この二つの他にはないのである。町や村をさまよい歩く狂女たちを見ることのない少年たちは、いったい幸せなのだろうか、不幸なのだろうか。いつか自分もああいう風に狂って行くのではないか、という恐れと、自分もいつか美しく狂ってしまいたい、という夢なしに、私たち人間は生きて行けるものなのだろうか。

最近になって幾人かの同世代の男たちに訊《き》いてみた。あなたの歴史の中に狂女がひとり棲んでいませんか。年甲斐もなく含羞《がんしゅう》に頬《ほほ》染めてうなずいたのが半分、そんな体験がまるでないと答えたのが半分。ひとりの狂女を境界線に、男には二種類ある。はっきりと二種類ある。少年の日にビーズ玉の首飾りの狂女に出逢ってしまった男と、出逢わなかった男。四十過ぎてあの日の蒼白いふくらはぎの幻を追っている男と、そうでない男。これはもう種族の違いくらいの違いといえる。あの春の日の妄想の中で彼女とまぐわった少年たちは、その日から〈さまよえるオランダ人〉となって長い長い旅に出る。

目を閉じると陽炎の坂道を狂女がやって来る。菩薩の微笑がやって来る。ジロドゥが「シュザンヌと太平洋」という小説の中で言っている。《お前が世界を見たいなら、目をお閉じ、ロズモンドよ》。ついでに言えば、乱歩は生前、色紙に揮毫《きごう》を頼まれるときまってこう書いたという。《うつし世はゆめ、よるの夢こそまこと》——できるものなら、なるべく長い時間、目を閉じて生きていたいものである。そして夜ごと、あの懐しい狂女たちと、蔵の中で、絵馬堂の床板の軋みの上で媾曳《あいびき》したいものである。五十の声を聴くと、目を開きつづけていることは、いかにも辛い。もう見てしまったと気取るわけではないが、とにもかくにもランボオの倍も生きてしまったのである。もうこの後、そんなに恐ろしいことも、ときめくことも、うろたえ騒ぐこともあるまい。目を閉じて狂女の訪《おとな》いを待てばいいのである。「梁塵秘《りょうじんひ》抄《しょう》」をもじって言えば、

狂女は常にいませども
現《うつつ》ならぬぞあはれなる
人の音せぬ暁に
ほのかに夢に見え給ふ

のである。

たとえば私たちの幼い息子たちは、これからの世の中でどんな暗い夢を見て行くのだろうか。狂女の代りに何に脅《おび》え、何にうしろめたいときめきを覚えて大きくなって行くのだろうか。人は明るい夢と同じくらいの数、暗い夢を見なければいけないのである。輝く誕生と同じ数だけのおぞましい死があることを、きちんと知らな

ければいけないのである。少年たちは今日も陽あたりのいい運動場で体操をしているが、校門に忽然と現れた狂女に彼らの列がざわめき揺れることはもうないだろう。先生にも隣りの少年にも気づかれないよう、ポケットの中の手で稚い性器を握りしめることもないだろう。いまではもう、犬にさえ石を投げない。少年たちは思いやりと優しさに溢れ、性的にもいかにも健全に発育し、のびのびと胸を張り、整然と隊伍を組んで、ほほえみながら不幸になって行く。

口笛

かねてから不思議に思っていることがある。たとえばテレビの時代劇なんかで、口笛を吹く武士だとか、口笛が上手《うま》いので人気がある幇間《たいこもち》だとかいうのに、お目にかかったことが、まずないことだ。歌舞伎でも見たことがない。けれど、人体の構造からいって、昔は吹けなくて、いまならできるということはあるまい。つまり、北京原人だって大きな唇をすぼめて、悲しい口笛を吹けたはずである。

時代小説のニヒルな主人公たちはどうだろう。机龍之助《つくえりゅうのすけ》や眠狂四郎《ねむりきょうしろう》や木枯し紋次郎たちは、夕日に長い影を曳いて、口笛でも吹きながら去っていきそうだが、そんなシーンはないようだ。今度『図説時代小説のヒーローたち』の縄田一男さんに会ったら、訊《き》いてみよう。

確かなことは言えないが、わが国の文芸に口笛が現れたのは、北原白秋や木下杢《もく》太郎《たろう》あたりがはじめてではないだろうか。藤村は〈佐久の草笛〉で、「ふるさとの」の露風の笛は〈横笛〉である。口笛ぐらい、いくらでも出てきそうで、これがなかなか見つからない。

私が高校生のときに見たビリー・ワイルダーの「皇帝円舞曲」は、「口笛吹きと犬」という楽しい曲ではじまった。ビング・クロスビーの蓄音器のセールスマンが、雪のアルプスを越えて、音楽の都ウィーンへやってくる。登録商標とそっくりの犬を連れていて、これが笑わせた。「奥様お手をどうぞ」などのビング・クロスビーの歌も良かったが、私たちは冒頭の口笛にまずびっくりした。これが人間の技とは思えないくらい、上手いのだ。それからしばらく、私は口笛の練習に熱中した。夜中に口笛を吹くと人魂《ひとだま》を呼び寄せると母に叱られながら、朝から晩まで練習したが、ちっとも上達しなかった。

そのころ、好きな女の子がいた。私はその子に口笛を聴かせたかった。

*

「皇帝円舞曲」は、実はフミちゃんという同級生の子と見にいった。小柄でよく笑い、笑うと口先が尖って可愛《かわい》らしかった。この映画でビング・クロスビーと仲良くなる王女さまがジョーン・フォンテインで、フミちゃんは彼女のファンだったが、色白というところを除いて、ちっとも似てはいなかった。色が白いから、鼻の両脇の雀斑《そばかす》が目立つといってフミちゃんは気にしていたが、それはいくらかブラウンがかった、ショート・カットのフミちゃんの髪によく似合っていた。私は顔から細い首筋を経て、セーラー服の胸元で見えなくなる、そのまた奥のフミちゃんの肌を想像して愉しんでいた。

　女の子は口笛が吹けないと、フミちゃんは不満そうに言った。確かにフミちゃんの口笛は、いくら唇を尖らせても、息が洩れるだけで音にならなかった。そう言えば、あれから半世紀になろうとしているが、口笛を上手に吹く女の人というのに、私は会ったことがない。男と女とでは、口とか咽喉の構造がどこか違うのだろうか。

　私の家は学校から歩いて五分のところにあったが、フミちゃんは市電で二十分ほどの町外れに住んでいた。お寺の娘だった。私はときどき学校の帰り、電車に乗ってフミちゃんを家まで送った。いまなら何でもないことだが、昭和二十七年のそのころは、高校生の男女がいっしょに歩くのは、いけないことだった。だから私たちは、「皇帝円舞曲」も離れ離れの席で見たし、その日も市電の前と後ろに別れて乗った。開け放しの電車の窓から吹き寄せる風は、もう秋の匂いがした。町にはそろそろ灯《ひ》が点《とも》りはじめている。

　フミちゃんのお寺は大きかったから、墓地も広かった。裏手に大きな銀杏《いちょう》の樹が枝を張っていて、私たちは短い時間、よくその木陰で別れを惜しんだものだった。柚《ゆず》の匂いのする夕暮れだった。「口笛吹きと犬」を吹いてくれと、フミちゃんは私にせがんだ。もっと練習してからと断ったが、フミちゃんはきかなかった。私たちは向い合って口笛を吹こうとした。もちろんフミちゃんは息の音だけで、私もいつもより上手く吹けなかった。いつの間にか、私たちの顔はすぐ近くにあった。二人とも口を尖らせて——フミちゃんの目が笑っている。そして、ごく自然に唇が触れた。はじめてのフミちゃんの口は、薄荷《はっか》の匂いがした。

　あんなに自然なキスを、私はその後したことがない。——いっしょに見た「皇帝円舞曲」のせいかもしれない。二人とも十七歳だったからかもしれない。それともあの日暮れ、私たちが無数のお墓に囲まれていたからだったのだろうか。

草の子供

死蛍《ぼたる》のぽつりと落ちて秋立ちぬ
　草の子供のそしてそれから――

小池光

　ぼくは十九歳になったばかりだった。安い代りに軽い靴をはいて、ぼくは夕暮れになると、あの日の街の露地から露地を、すばしこい小動物みたいに走っていた。――〈あの日〉、ぼくたちが小さな影みたいに棲《す》んでいた夕焼け色の街の風景を、文字で書いてみろと言われても、絵に描いてみろと言われても、それはとてもできないことだ。あの短い戦争が終わって十年足らずの銀座を描いた文章や風景画はいくらだってあるが、どれにも欠けているものがある。写真にだって写っていない。

それは、夕焼けの匂いだ。

　ぼくは、みんなが言うように甘ちゃんだったから、夕焼けの匂いだなんて言ってしまうが、ぼくより三つ年上のムッコは、ちょっと不機嫌な声でそれを戦争の匂いだと言う。ぼくとムッコは、三丁目の裏通りにある、ビルとビルの谷間の小さな廃墟みたいな公園で、よく日暮れの時間を過ごした。ムッコが店へ出るまでの、小一時間ほどの短いひとときだったが、ぼくには十分嬉《うれ》しい時間だった。店へ出ると言ったって、ムッコは赤や桃色のドレスを着て、男たちとお酒を飲む女ではなく、客たちの煙草の煙でぼんやり霞んだ通路脇の、昔ながらのレジスターの前に一晩中立っているのが仕事だった。ぼくは十九歳のくせに、その店の常連だったが、さすがにこの店の中までは、夕焼けの匂いも、戦争の匂いも、入ってはこなかった。珈琲と煙草や葉巻の匂いと、フランスの匂いで、その店の夜は包まれていた。

　風向きがどんな風に変わっても、戦争の匂いはぼくたちの公園に流れてきた。それは獣の脂と、鉄と、瓦とが混じり合って焼けた重い匂いで、その中には、どうしてか、注射液のような新しい薬品の匂いが漂っているようだった。一つの都市が丸ごと焼けた匂いは、なんて執念深いのだろう。戦争は九年前の一九四五年に終わったというのに、銀座の舗道には若い柳が植えられたというのに——焼け跡の匂いだけは、どこからか湧いて出て、ひとしきりそこらを這い回っては、夜の貧しいネオンが点《つ》くころになると、残念そうに振り返りながら消えていく。戦争に敗けた国の街は、どこだってそうなのだろうか。ベルリンやウィーンはどうなのだろう。ぼくはヨーロッパの都市の名を漢字で書いていたころを思い出していた。ベルリンは伯林で、ウィーンは維納だった。ロンドンは倫敦で、ローマは羅馬だったし、ジュネーヴは寿府と書いていた。ぼくはなんだか寂しくなる。戦争が終わって、新聞は片仮名だらけになってしまった。ぼくは、ふと顔を上げる。パリはいまでも〈巴里〉ではないか。ぼくがアルバイトで貰ったお金で通い、ムツコがそこでアルバイトをしている店の名は、「銀巴里」といった。

「銀巴里」は、シャンソンと珈琲の店だった。石段を地下に下りかけると、手風琴の音が聴こえてきてぼくの胸を弾ませる。アコーディオンというよりは、手風琴と言ったほうが似合う店だったし、時代だった。ぼくはたいがい白い柱の蔭《かげ》になった席で、丸山臣吾《まるやましんご》という少年が舞台に現れるのを待っていた。ぼくと同い年だというその少年は、黒いトレアドルパンツにハムレットみたいな薄紫のブラウスを緩《ゆる》く纏《まと》い、ベレーを目《ま》深《ぶか》にかぶって、指から舞台に上がってきた。指からというのは、変な言い方だが、ほんとうにそうだった。顔の前で交差させた薄紫の腕の先で、少年の指は、まるでそこだけ魔女の呪われた指みたいに妖《あや》しげに蠢《うごめ》いているのだった。

指がぼくに囁いていた。指がぼくをさし招いていた。「ジョリー・シャポー」も、「毛皮のマリー」も、丸山臣吾の歌はみんな投げやりだったが、それはこの魔少年の酷薄そうな美しさを、かえって際立たせ、ぼくは銀の針を瞼《まぶた》に打ち込まれたように気が遠くなっていくのだった。ぼくは後にも先にも、あんなに綺麗な少年を見たことがない。

　ムツコとは、夕暮れだけではなく、仕事の終わった後も逢うようになっていた。ぼくのムツコは、丸山臣吾とはちっとも似ていなかった。無理に探せば、睫毛《まつげ》が濃くて長いのと、胸が薄いところぐらいだろうか。まだ二十歳をちょっと出たばかりだというのに、ムツコはいつだって疲れていた。ぼくはムツコが何か食べているところを見たことがない。夜の屋台なんかに誘ったこともあったが、その度にムツコは笑って首を振った。だから、ぼくたちが終電までの時間を過ごすのは、やはり誰もいない「銀巴里」の裏手の公園だった。よく見ると、壊れた机や椅子とか、汚れて棄てられたカーテンとか、もう動かなくなった印刷機とか——そこは銀座裏の墓場のような空き地に過ぎなかったのだが、夜更けの星空の下では、ジルベール・ベコーのシャンソンに出てくる、巴里のモンパルナッスの片隅のように思えなくはなかった。公園らしいものも、少しはあった。ぼくたちが代る代る乗って遊んだブランコがそうだった。三つ並んだうちの二つは、鎖が千切れて、傾いた台座が土に埋もれていたが、真ん中の一つだけは、錆ついて軋《きし》んだ音さえ気にしなければ、ぼくたちを、短い時間、子供の世界に遊ばせてくれた。ムツコはぼくより度胸があって、ブランコを思い切り大きく漕《こ》いだ。灰色の長いスカートがぼくの頭をかすめて舞い上がり、目を見開いて笑ったムツコの蒼白い顔の向こうに、春のカシオペアが光って見えた。

　ぼくは「銀巴里」のレジの後ろの壁にかかっている、フラゴナールの複製画に、ブランコのムツコを重ねて見ていた。ムツコもきっとそうなのだ。だって、夜空を飛んでいるムツコの顔には、ぼくがいままで見たことのない淫らさみたいなものが、ふと浮かんで見えるのだ。フラゴナールの「ブランコ」は、裕福そうな若い奥さんが、きれいな花の咲き乱れる森のブランコに乗っていて、そのフリルだらけのスカートの中を、木陰から若い男が盗み見ようとしている構図だった。それは、ぼくたちが遊んでいる惨めな公園とは、あまりに違い過ぎる美しくのどかな庭園の風景だったし、人物にしても、レースのハンカチーフとか、いい匂いのする小扇とか——ぼくたちが身につけているものとはずいぶん遠い姿ではあったが、少なくともぼくの黒いズボンの中には、フラゴナールに負けない淫らで熱いものが滾《たぎ》っていた。

ブランコに飽きると、ぼくたちは砂場で遊んだ。砂場といったって、一メートル半四方ほどのもので、砂を囲った木の枠だって、ほんの一部しか残っていなかったが、ぼくたちがお互いの名をその砂に指で書いて教え合ったのもこの砂場だったし、ぼくが物識りぶって、ブランコは中国では〈鞦韆《しゅうせん》〉というと言って書いてみせたのも、ここだった。けれどムツコはちっとも尊敬してくれなかった。ムツコはぼくといても、いつもなにか他のことを考えているようだった。細い背中に、目に見えない砂袋を背負っているみたいだった。それも、サラサラした乾いた砂ではなく、ぼくたちの公園の隅の砂場の砂に似て、湿って重そうだった。——あのころは、年齢《とし》に不似合いな、暗い荷物を抱え込んだ男や女がいた。特に夕暮れの街では、みんながそんなふうに見えた。あれは、ぼくたちが拘《こだわ》りつづけた、あの夕焼けの匂いに、なにか関係があったのだろうか。あの日々のことを想うと、ずっと後になって読んだブラックウッドの「いにしえの魔術」という不思議な小説を思い出すことがある。その町の人々は、みんな人間の姿はしているのだが、その動作がどうもおかしい。優雅に散歩を楽しんでいると思うと、突然軒先から軒先へ素早く走る。中にはジグザグに飛ぶ者もいる。陽気に喋り合っていた人たちが、日暮れのある時刻になると一斉に項垂《うなだ》れて忍び泣く。——猫なのである。

猫ほど、近づいてくる不幸や死に敏感な動物はいないと聞いたことがある。ぼくたちが黄昏の街で見たのは、哀しい猫たちだったのだろうか。——そう言えば、あのころはまだ、戦争の死の記憶がぼくたちの身の周りに当たり前のようにあった。小学校の夏休み前に陽気に笑っていた子たちが、秋の始業式の日に集まってみると何人もいなかった。空襲で死んだのだという。いくら待っても、父や兄たちは戦地から還ってこなかった。そうした無数の死が、ほんとうに信じられるようになったのは、いったいいつごろからだったろう。少なくとも、ぼくとムツコの日々には、まだ暮れかけた街に夕焼けの匂いが漂い、その中を、俯《うつむ》いた猫たちが怯《おび》えながら歩いていた。

ある夏の夜、ムツコが砂場の脇に花を見つけた。ほんの一群れの松葉牡丹だったが、紫と赤と白の花弁が、夜の中に鮮やかだった。その先の土には、黄色っぽい緑の草が生えている。日の当たらないこんな湿ったところに、いったいどうしたというのだろう。ぼくもムツコも、土の中で十年も眠っていた草花の種子が、ようやく蘇ったのだとは思わなかった。これは、紛れもない新しい〈いのち〉だと思った。ぼくは予備校の夏の講習と、あまりはかのいかないアルバイトに忙しくて、しばらく「銀巴里」にきていなかった。だからムツコも、この公園は久しぶりだった。それだけに、ぼくたちは驚いた。驚いて、ほとんど何も言えないくらいだった。さっき店で聴いた丸山臣吾の「メケ・メケ」にあった、《……くるときがきました……》というフレーズが、ぼくの激しく動悸した胸をかすめて走った。ぼくたちは、その歌に急《せ》かされるようにお互いを脱がせ合い、あちこちを探り合い、縺《もつ》れながら熱い足を搦《から》め合った。それでもぼくたちは、砂場に咲いた花を傷つけないように注意した。草のそよぐ音がする。松葉牡丹が幼い子供のように首を振っている。そしてムツコが、子猫のように、夜空に高く啼《な》いた。砂の粒にまみれて、ぼくに触れるムツコの細い腿はザラザラだった。いつの間にかムツコの下になっていたぼくは、閉じていた瞼に、生温い雨滴が降りかかるのを感じた。ぼくのムツコの、猫の涙だった。

「銀巴里」には、常連というほどではなかったが、ムウちゃんと呼ばれる髪の短い女の人がよく現れた。ぼくでも顔を知っている有名な小説家や詩人たちと、いつもいっしょだった。ほどほどの文学少年だったぼくは、ほんの二、三メートルのところにその人たちがいるだけで、恥ずかしいくらいドキドキした。セーヌ沿いの酒場で、ヴェルレーヌやボードレールを、すぐそこに見ているような気持ちだった。そんな人たちに大切にされているムウちゃんというのは、いったい誰なのだろう。五反田の汚れたアパートで、一つ布団《ふとん》にくるまりながら、ムツコが教えてくれた話によると、ムウちゃんは西銀座のバーに勤めている女《ひと》で、ほんとうの名前はムツコとおなじ睦子だという。しかも住んでいるのが、これもムツコとおなじ五反田だというから不思議だった。ムウちゃんは「銀巴里」では、草臥《くたび》れた女王のようだった。いつも俯き加減で、小さな体が重そうで、それでも時折キッと上げる目の中には、蒼いガスの炎みたいな火の揺らめきが見られた。さほどシャンソンが好きな様子もなく、丸山臣吾にも仲代奎吾《けいご》にも、気のない拍手を送っていた。あのころからずいぶん経って、ムウちゃんといっしょに「銀巴里」にきていた著名な作家が、ムウちゃんをモデルに「花影」という小説を書いたというが、私が見たムウちゃんは、棄てたような目だけが気になる、もう銀座には似合わない女だった。けれどムツコは、おなじ名前のせいもあって、ムウちゃんに強い親しみを感じるらしく、怠惰で驕慢《きょうまん》で、誰とでも寝るというムウちゃんのことを、悪く言ったことは一度もなかった。

松葉牡丹の時代は終わったらしい。はじめて「銀巴里」でムツコと逢って二年になっていたが、ぼくは次の春も受験にしくじって、別の予備校に通っていた。ぼくたちは、週に二度ほど五反田のムツコの部屋で寝てはいたが、だからこの先どうということはお互い考えなかった。

「銀巴里」の裏の公園にもいかなくなり、ムツコが聞いた話だと、あそこには三階建てのマーケットが建つという。生き生きと萌えていた草たちも、松葉牡丹の紫や赤も、マーケットの下敷きになって、いずれ死んでいくのだろう。ぼくたちだって、もうあの夜のようには生きられない。死んだ地面に草が生え、それに目を瞠《みは》って抱き合うなんて奇蹟みたいな夜が、そういつまでもつづくはずはないのだ。自分でも気がつかないうちに、ぼくは銀座の露地を駆け抜ける少年を止めてしまっていた。手慣れた大人のようにムツコの痩せた体を扱い、飲めなかったお酒もいつか飲むようになっていた。何が変わったといって、いちばん変わったのは、戦争の日々のことを、ぼくがあまり思い出さなくなったことだろう。ぼくの中でくすぶりつづけていた重い匂いが、遠退《とおの》いていく。

　ふと気紛れに銀座へ出て「銀巴里」へ寄ったら、きょうの出演という店の前の貼紙に、「丸山明宏《まるやまあきひろ》」という名前があった。丸山臣吾も、丸山明宏に変わったのだ。石段を下りて重い扉を押すと、レジの前にムツコがいなかった。きょうは休みの日ではないはずだ。顔見知りのウェイターに訊ねると、暗い顔になって、ぼくの目を見ないで呟《つぶや》いた。ムツコは、店へくる客たちを誘って体を売っていたのがマスターに知れて、一月《ひとつき》も前に罷《や》めさせられたという。思い当たる節もなかった代りに、ぼくはそんなにびっくりもしなかった。ただ、やり切れない懐かしさがこみ上げてきて、ぼくは「銀巴里」の石段を駆け上がった。夕焼けの街だった。ぼくは公園に立っていた。ブランコが修理され、子供たちが遊んでいる。マーケットになるという噂は嘘だったのだ。砂場の木の枠もしっかり直っていて、その周りには、一面の松葉牡丹に交じって、やわらかなタンポポや、涼しげな水引草が咲いている。

けれど、足りないものが一つだけあった。ムツコの言う戦争の匂いだった。吹き寄せる夕風の中に、獣の脂と鉄と瓦の焼けた匂いがなかった。ほんとうに、戦争は終わったのかもしれない。猫たちは、みんな人間に戻っていくのだ。——ぼくの目に、涙が溢れた。

銀座のムウちゃんが、五反田のアパートで、足首を縛り、季節はずれの湯タンポを入れた布団にくるまって死んだのは、それから二年ほど経った昭和三十三年の四月中ごろのことだった。睡眠薬をたくさん飲んだ自殺だった。ムウちゃんのお通夜には、ぼくが「銀巴里」で見かけた文士たちが、一人残らず集まったそうである。ムウちゃんの小さな体の上を通り過ぎた男たちに囲まれて、ムウちゃんの死顔は、とても幸福そうだったという。
ぼくのムツコのそれからを、ぼくは何も知らない。

姉は血を吐く、妹は火吐く

＊

《東京はあまり詳しくないし、それに今度は一人で参りますので、いつか連れて行っていただいたニコライ堂はいかがでしょう。濃紫のカーテンのかげに誰か潜んでいるような、あのお堂の怖さが忘れられなくて……》。その手紙を受け取ったとき、私は典子というのが姉の名前だったか、妹の方だったか、忘れてしまっていた。典子と伶子、二度会ったぐらいではごっちゃになりそうな、よくある姉妹の名前だった。私はすぐに返事を書いた。《その時分はきっと聖橋《ひじりばし》の堤沿いの桜が満開でしょう。あなたに桜はよく似合う》。桜をむせかえるような官能の花と考えれば姉の方、一ひら二ひら夕暮れの小さな風に舞い散る風情《ふぜい》を想《おも》えば、それは妹の方に似合っている。だから私の桜の招待状はどっちが受け取ってもおかしくないし、二人はそれぞれに若くてきれいだったから、約束のその日、ニコライ堂に現れるのが姉であっても妹であっても私にはよかったのである。そのころ私は二度目の大学受験に失敗して、昨日と今日の境がはっきりしないような、曖昧《あいまい》な日を送っていた。両のポケットに一つずつ、濡れた砂袋を入れていると、春の坂道を弾んで駈け下りているつもりでも、何か心の奥底に淀むものがある。弾みきれない何かがある。くる日もくる日もそんな気分でいたから、姉でもいい、妹でもいい、春の一夜、この重くだるい体を慰めて欲しいと私は念《ねが》った。散ったばかりの桜の花びらを身の丈ほどに積み上げて、枝の高みから花の海に身を投げる。花に溺れて私はどこか深い深いところへ沈んで行く。口にも鼻にも生暖かい花びらがいっぱいに詰まり、呼吸が苦しくなって、体内から血液や体液がゆっくり流れ出し、私は見る見る干涸《ひから》びて行くのである。その手紙を読み返しながら、私は長く熱い息を吐いた。昭和三十年、その春、桜は遅く咲き、私は痩せた二十歳だった。

そのころ覚えた詩に西条八十《やそ》の「トミノの地獄」というのがある。

姉は血を吐く、妹《いもと》は火吐く、
可愛いトミノは宝玉《たま》を吐く。

ひとり地獄に落ちゆくトミノ、
地獄くらやみ花も無き。
鞭《むち》で叩くはトミノの姉か、
鞭の朱総《しゅぶさ》が気にかかる。
叩け叩きやれ叩かずとても、
無間《むげん》地獄はひとつみち。
暗い地獄へ案内《あない》をたのむ、
金の羊に、鶯に。
革の嚢《ふくろ》にやいくらほど入れよ、
無間地獄の旅支度。

大正八年に出た西条八十の第一詩集『砂金』の片隅に収められたこの詩は、他の詩ほど世に知られていない。たとえば詩人の生涯の業績の中から選んで、抄本とか選集を編纂したとして、「トミノの地獄」が入ることはまずない。けれど知っている奴は知っているもので、死んだ寺山修司の『犬神兄弟幻想写真館』の中のポスト・カードの一枚に《姉が血を吐く、妹が火を吐く、謎の暗闇壜《びん》を吐く》という西条八十の一部をアレンジしたフレーズがある。この「トミノの地獄」がいったい何を歌った詩なのか、私はいまだによくわからないでいる。もとになる物語があるようにも思えるが、トミノなどという不思議な女の名前は聞いたことがない。大正のころ流行《はや》ったオペレッタではないかと、探してみたことも昔あったが、トミノの行方はわからなかった。三人姉妹の話なのだろうか。ぼんやりと天幕《テント》がけのサーカスとか、極彩色の見世物小屋が見えるような気もする。「トミノの地獄」はこうつづく。

春が来て候《そろ》林に谿《たに》に、
くらい地獄谷七曲り。
籠にや鶯、車にや羊、
可愛いトミノの眼にや涙。
啼けよ鶯、林の雨に
妹恋しと声かぎり。
啼けば反響《こだま》が地獄にひびき、
狐牡丹の花がさく。

地獄七山七谿めぐる、
可愛いトミノのひとり旅。
地獄ござらばもて来てたもれ、
針の御山《おやま》の留針《とめばり》を。
赤い留針だてにはささぬ、
可愛いトミノのめじるしに。

典子の手紙に「トミノの地獄」を想《おも》ったのは、あの年、あの季節の暗い性欲のせいだったのかもしれない。姉か妹の白い体の奥に、狂い咲きする狐牡丹を私は見たかったのである。トミノの赤い留針で、自分でも嫌でならない私の薄く濁った眼を突き刺して欲しかったのである。そんな暗い気持ちで私が待っていることなど夢にも知らず、典子は東京へやって来た。

典子は妹の方だった。一年前のいまごろ名古屋で会ったときは肩の下ぐらいまであった長い真っ直ぐの髪を切って、典子はやわらかにウェーヴしたショートカットから透《す》き通って小さい耳をのぞかせていた。姉の伶子もこんな咬《か》みたくなるような耳をしていただろうか。覚えていなかった。姉の顔で覚えているのは濡れ濡れとした大きな眼と、少しめくれ上がり気味の上唇とだった。懶惰《らんだ》を気取ってはいても、その実それほどの女を知っているわけでもなかった小心の二十歳にとって、年上の伶子の眼と唇は淫蕩すぎるほど淫蕩だった。正直に言えば、ニコライ堂で会いたいという手紙が来てから約束の日まで、私が内心ひそかに期待していたのは姉の淫蕩さの方だったらしい。伶子は二十四歳になっているはずだった。けれど、だからと言って、ニコライ堂の門を蔽《おお》う新しい緑の枝がつくる木漏れ日の中に妹の典子が微《わ》笑《ら》っているのを見つけたとき、私はがっかりしたわけではなかった。姉によく似た色白の肌は十分そそるものがあったし、姉よりも小柄でやわらかそうな典子の体は、あまり臆さずに扱えそうで、私の湿った欲望はどこかで狡《ずる》く安堵するところがあった。ただ、妹の方は私と生まれた月が一月《ひとつき》しか違わない同年《おないどし》だったから、いくらかでも大人っぽく振舞わなければいけないのが億劫《おっくう》だった。私はそれまで、女と言えばたいていが年上で、人生とおなじに甘えることに慣れていたのである。

　あのころのニコライ堂は、まだ周りに高い建物がそれほどなかったので、聖橋の向こうからでも、ビザンチン風の丸屋根や鐘楼の尖塔がよく見えた。これが私が子供のころの昭和十四、五年ごろにはもっと遠くからでも見えたものだった。東京駅から浅川行きの省線に乗って神田を過ぎ、万世橋にさしかかるころ車窓の左側にニコライ堂は見えはじめ、線路沿いの建物の陰に見え隠れしながらだんだん異国の寺院は大きくなり、水道橋から飯田橋、市ヶ谷あたりまでその姿は見えつづけたのである。たとえば晩秋の日暮れなど、次第に遠くなって行くお堂の丸屋根は夕靄《ゆうもや》に煙って外国の絵葉書のようにきれいだった。あれは鼈甲《べっこう》色というのだろうか、そんな燻《くす》んでいながら艶《つや》やかな光の中のニコライ堂も私は忘れない。もういまは高層建築の林に埋もれてしまって、神田小川町から聖橋への池田坂を上りきらないとニコライ堂は見られない。それに、あんな色の光はもうどこを探したってありはしない。あれは時代の光だったのである。

　典子はもう一度お堂の中を見たいと言う。そしてこの前買い忘れた堂内に飾られたイコン（聖画、または聖像）の絵葉書を買って帰りたいと言う。一年と少し前、ここへ来たときは四人連れだった。伶子、典子に大学を落ちたばかりの私、それに姉妹を名古屋から連れて来た三枝《さえぐさ》武夫、三枝は私の北国の中学の一年上で、そのころは名古屋の工科大学へ行っていた。目がいつも潤んだように濡れていて、まだどちらかと言えば少年に近いくせに変にいろっぽい奴で、中学生のころから女の子によくもてていた。背がいくらか低いのが難と言えば難で、本人も以前はそのことをかなり気にして朴歯《ほおば》の高下駄など履いていたものだが、このごろはそれを逆手にとって、わざと猫背気味にうずくまり、上目づかいに女の顔をちらと見るのを得意としているようだった。東京駅で三人を出迎え、はじめて姉妹を紹介されたときから、三枝と姉の伶子がそういう関係にあることはすぐわかった。二人ともよく似た濡れたような目を、ときどき私と典子の見ている前で粘っこく絡《から》みあわせていたし、御茶ノ水の駅前の喫茶店では、いかにも普段やり慣れている感じで、伶子は三枝の珈琲カップに一匙半の砂糖を入れてやっていた。三枝は伶子と典子を女郎屋の娘たちと私に紹介した。そんな三枝の露悪的な言い方にも姉妹はニコニコ笑っていたが、〈東雲《しののめ》のストライキ〉の唄で有名な東雲楼があった近くで、二人の親が遊廓をやっているのは本当らしかった。売春防止法の施行される少し前の話である。東京や京都の大学をいくつも受けて失敗し、名古屋のあまり知られていない工科大学に落ち着いた早熟の三枝は、大学へはほとんど行かず、親から貰《もら》っている学費と生活費で遊廓に入り浸っているという噂はかねてから聴いていたが、通っているうちにその店の経営者の娘たちと仲良くなるあたりが、いかにも三枝らしいと私は感心した。ニコライ堂へ行こうと言い出したのは三枝で、姉妹はそのときまでこのギリシャ正教の寺院の名前も知らないようだった。四人の入館料は伶子が払った。私は子供のころから何度も外から見たことはあったが、お堂の中へ入るのははじめてだった。

古いステインドグラス越しの淡い色づいた午後の光の中に、身の丈を越すばかりの大きなものから、三十センチ四方ぐらいの可愛いものまで、ホールの壁には無名の画家たちの描いた油彩やテンペラのイコンが飾られ、絵の中の聖人たちは無表情な冷たい眼で私たちを見下ろしていた。ひときわ大きく、天主の背景のブルーがいやに鮮やかなイコンの前に立って、三枝がゆっくりと低い声でこんな歌を呟《つぶや》いた。

ニコライのホオルに入りて相擁《あいいだ》きサンタ・マリヤを拝《おろが》みにけり

大正のころ、竹久夢二が笠井彦乃との許されない恋に悶えて歌った歌だという。三枝は私たちにこの歌を聴かせるためにニコライ堂に行こうと言ったのである。私にはそれがすぐにわかった。二十歳を過ぎたばかりにしては、ひねこびて暗い屈折だらけに見えはしたが、三枝にはそんな稚いダンディズムのようなものがあった。それに、これも私の推測だが、三枝は夢二を気取っていたのである。この道行き止まりとわかっていても、生暖かい風に流されるまま女と抱き合いながら袋小路になだれ込んで行く身を、夢二の変転になぞらえて、いくらかでも心慰めていたのだろう。その気持ちが私にはよくわかった。私だってその歌を知っていたら、おなじように悲痛に呟いてみせたことだろう。三枝も私も、その時代によくいた怯懦《きょうだ》な文学少年だった。

はじめてここへ来た一年少し前からそのときまでに、私も悪く変わっていた。ただひたすらに美しいとあの日思ったイコンたちが今日はなんだか暗澹と妖しく見えてならないのである。見ているうちに背中のあたりが寒々として来て、典子の手紙にあったように、礼拝堂の後ろや重そうな紫のカーテンの陰から暗く光る無数の眼がじっと私たちを凝視しているように思えてならないのだった。典子は屈託ない顔で粗末なパンフレットと見比べながらイコンを見て回っている。手紙であんなことを言ってたくせに、典子は怖くないのだろうか。この絵の中の聖人たちは、本当は聖人なんかじゃない。だって、聖人がこんなに妖しく美しいはずがない。トミノが地獄へ墜ちて行った道すがら、林の樹の陰や、渓間《けいかん》の草に隠れてトミノの背中にねばねばした視線を送っていたのはこいつらなんだ。私は典子に教えてやりたかった。姉の伶子はともかく、典子、あなただけはトミノになってはいけない……。私はそのとき、伶子と典子、そして三枝と私の四人をめぐって、やがて奇妙に長い赤い紐が、捩《よじ》れながらのたうつのを予見していたのかもしれない。

いつの間にかドームの上の陽が翳って、ニコライ堂はひんやりと薄暗くなり、私たちのほかに誰もいないホールに、典子の靴音だけがコツンコツンと鳴っていた。

*

あのころ、昭和三十年ごろの不良少年の傍には、きまって一人ずつ、不貞腐《ふてくさ》れてちょっと歪めた唇と、すがるようにひたむきな目をした不良少女が、影みたいに寄り添っていたものだ。彼が立ち止まって煙草をくわえると、彼女はなんともいい間《ま》で自分のポケットから安物の赤いライターを出して彼に手渡してやる。渡すだけで、決して点《つ》けてやらないところで、彼女たちは自分をバーやナイトクラブの女たちと区別していたのである。にわか雨の露地で女物の傘をさして大股に行くのは彼で、少し遅れて濡れて走るのが彼女だった。親の財布からくすねたお札を、広く胸の開いた花柄のワンピースの乳房の谷間に隠して裏口から逃げるのは彼女の仕事で、ビリヤード屋でそれを受け取り、たったこれだけかと言った顔でポケットにねじ込んでネオンの海へ泳ぎ出して行くのが彼の仕事だった。いまのスケバンとも、一昔前のズベ公とも違う、あのころの不良少女はシャム猫のようにしなやかで光る眼をした小動物だったのである。井上靖の「三の宮炎上」のオミツと秋野みたいな、《不幸と美しさを見境いなく身につけた》不良少女と不良少年のカップルがわずかに生き残っていた、あれは最後の時代だったのかもしれない。

　三枝と伶子はそういう意味では似合いだった。赤線の女たちの体を売った金を、経営者の娘が家から持ち出して男に貢ぎ、男はその金でまた赤線の女を抱きに行くという奇妙な循環を平気でやっている二人を私は感心して眺めていた。伶子の妹の典子が姉と三枝のそんな関係を知らないはずはなかったが、私たちがその話題に触れることは決してなかった。きっとお互い、否定しきることもできない代わり、肯定もしにくかったのだろう。いつかよくないことが起こりそうな予感にはらはらしながら、私と典子はそこらの馴れ合った男女にはない不思議な三枝と伶子の純情を、ぎりぎりの刻《とき》まで護ってやりたいと思っていたのかもしれない。いま思い出してみると、不良の姉の後ろにいつもくっついて歩いている無邪気な妹の典子と、不良の兄貴分のようになりたいと願いながら、どうしても体がぎくしゃくしてしまう小心の私と、こっちの方もそれなりに似合った絵になっていたような気もする。

　だから、ニコライ堂で妖しいイコンを見た帰り、御茶ノ水の駅から近いシャンソン喫茶でお茶を飲み、銀座へ出て五丁目の露地にある狭いレストランでハヤシライスを食べ、それでも余ってしまった時間は、どう考えても二人がすごく自然に男と女になるための時間のように私には思えるのだった。典子が明日名古屋に帰ることはわかっていた。泊まるあてが別段ないことも聞いていた。それに典子は、私の行くところにはどこへでもついて来る様子だった。それも、湿っぽくうなだれて言葉少なにというのではなく、高く澄んだ声で笑いながら、弾むようについて来るのである。私は計画を立てた。ニコライ堂からすぐの「山の上ホテル」がまず頭に浮かんだが、典子には似合っても私の後ろめたさとどこかしっくり行かないようで臆してしまう。それにロシア寺院の朝の鐘があまり近すぎるのも考えものだ。私は思い直す。湯島のあたりに、それほど気恥ずかしくもなく、それほど高そうでもない旅館がいくつも並んでいた。有楽町から国電に乗って御茶ノ水で降りれば簡単だが、どうもそのために電車に乗るというのに妙な抵抗があった。歩くとすれば、銀座からどの路を行けばいいのだろう。国電沿いに歩けば間違いないと私は考えた。まず東京駅へ出て神田から万世橋、私と典子は笑ったり歌ったりしながら歩いた。気持ちのいい春の夜風が吹いていた。けれど、気持ちがいいというのは乾き具合いとか涼しさのことで、あのころの東京に吹く風には季節の匂いというものがなかった。神田のあたりでは、まだ焦土の匂いが残っているようだった。あとは食物屋の匂い、川の匂い、病院の匂い、私たちはそんな匂いを順番に嗅《か》ぎながら湯島天神への坂を上り、旅館の灯入れ看板が見えはじめても会話を途切れさすこともなく、歩く速度を早めも遅らせもせず、まるで今朝出て来た旅館に帰るようにその門をくぐった。

　私のあとに典子、別々に風呂に入るまではおなじ雰囲気でいることができたが、そのあとがいけなかった。当時のあの辺りの旅館は変に行儀のいいところがあって、一目でそういう男女とわかっても布団《ふとん》を二つ、それも少し離して敷いたものだった。映画の話に音楽の話、岐阜と富山と、たまたま背中合わせに疎開していたころの話、大学を受けなかった話と大学を二度落ちた話、それまでし続けてきた話の種が尽きたわけではなかったが、糊のききすぎたシーツにお互い浴衣姿で坐ってみると、急に辺りの静かさが気になりはじめ、さっきまでのように声高に話すことが憚《はばか》られ、私たちはすっかり笑わなくなっていた。思い出したように典子がバッグから小型の時刻表を取り出してページをめくるのも、いかにも不自然だった。不自然と言えば、典子は風呂に入ったはずなのに顔の化粧を落としていないようだった。そればかりか、新たにし直したようにも見えた。どういう意味なのだろう。好きだから美しい顔で抱かれたいという女心ともとれるし、裸の顔を見せまいという鎧《よろ》った気持ちを私に察しろと言っているようにもとれる。私は変に真面目な顔で典子の肩を抱いたのだと思う。抱いた途端に激しく拒否されることが予感された。空しい結果は見えていても、もうやめるわけにはいかなかった。私はびっくりした。典子は浴衣の下にスカートをつけていたのである。腹が立った。本当に腹が立った。私は五十年の人生の中で、女を襲ったというのはあのときだけだったと思う。化粧品と石鹸の入り混じった匂いのする典子の首すじがよじれて青い血管が浮いて見える。力まかせに浴衣の衿《えり》を剝《は》いで現れた肩は、貧しいくらいに痩《や》せていた。典子は私を突き放すのとは逆に、しっかり抱きつき、密着することによって私の自由を奪おうとするようだった。浴衣の裾《すそ》はとっくにはだけ切り、その下のワインレッドのスカートもほとんどめくれ上がっていたが、典子は両の足首をすごい力でよじり合わせていた。足の指が全部、内側に固く折れ曲がっていた。あの夜の典子の足首は、ナイフでも切り離せなかっただろう。

　少年少女ではあるまいし、そのまま大人しく兄妹みたいに眠ることなどできなかった。そんな芝居を打つには私は腹を立てすぎていた。激しく抱きつかれながら、はじめてなのかと訊ねたのに対し、典子は幾度もうなずいたのを信じなかったわけではなかった。それよりも引っかかったのは、誰か好きな人がいるのかという私のおよそ通俗な質問に、彼女が答えなかったことだった。典子の表情から何かを読み取ろうにも、私たちの顔は近すぎて何もわからなかった。しかし、いまの私にはそのときの典子の顔がはっきりと見える。哀しそうでもあり、嬉《うれ》しそうでもあり、私に答えないことで自分の心の中を覗《のぞ》き込んでいる典子の女の顔が、三十年経《た》ったいま、私には見えるのである。典子はあの夜、私の首に抱きつきながら、姉の恋人である三枝に恋していたのである。

　典子が旅館の玄関まで送ってくれたのが、せめてもの救いだった。夜中の変な時間に一人帰る男を、それでも旅館の女中は怪訝《けげん》な顔で見送り、私が表へ出るとすぐ乱暴に戸に鍵をかけた。その思いやりのない音が、私にもう一度引き返すことを諦めさせた。湯島の坂道を下りながら、私は情けなく怒っていた。何度も子供を堕ろした不良少女の妹のくせにとか、淫売宿の娘のくせにとか、差別でもしなければ気がすまなかった。ポツリポツリと雨まで降ってきて、私はみじめだった。みじめに西条八十の「トミノの地獄」を思い出し、口ずさんで帰った。

　暗い地獄へ案内《あない》をたのむ、
　金の羊に、鶯に。
　革の嚢《ふくろ》にやいくらほど入れよ、

無間地獄の旅支度。

伶子と典子の姉妹にはじめて会ったのは、一年半ほど前、私が高校三年の秋の名古屋だった。三枝は浪人するのが嫌で、滑り止めで受けたあまり聞いたことのない名古屋の工科大学へそのころ行っていた。その日の午後、名古屋駅に着いた私はいきなり姉妹の家へ連れて行かれた。伶子と典子を私に紹介したあと、三枝と伶子は近くにいる友達に貸した金を返して貰うと言って出かけたきり、なかなか帰って来なかった。私は二階にある典子の部屋で、典子のピアノを聴いていた。オースティンの「アルプスの夕映え」という曲だった。典子は暗譜しているらしく時折弾きながら私を見て笑った。典子の部屋の窓から下を見ると、そこは典子たちの親がやっている遊廓の狭い裏庭になっていて、娼婦たちの洗濯物が秋風に揺れていた。たぶん一日じゅう日のささない縁側のはずれに鉄の網をまわりにめぐらせた籠があり、その中に大量の使いふるしの脱脂綿が捨てられてあるのが見える。その軒下にはクレゾール液をいっぱいに充たした琺瑯《ほうろう》引きの洗面器が置いてあって、その匂いは典子の窓まで匂って来るのだった。私が見ていると、薄桃色の長襦袢《ながじゅばん》を変にきちんと着た娼婦が一人奥から現れて、縁側から黒い庭下駄を突っ掛けて庭へ出てきた。彼女はまず両腕を高く上げて深呼吸をし、それから体操をはじめたのである。その体操は典子のピアノに合わせた体操だった。「アルプスの夕映え」はラジオ体操にぴったり合うのである。私は笑ってしまった。フランス人形やミレーの複製画が飾り立てられた女の子の部屋から聴こえてくるピアノに合わせて、つい今し方まで男に体を開いていた娼婦が真面目くさって体操をしている。それはいかにも三枝が喜びそうな風景だった。そんな人生の滑稽《こっけい》を見せようとして、三枝は私をここに連れて来たのかもしれない。

　若い娘が二人もいるのに、遊廓と背中合わせに居を構える親はずいぶん無神経だと私は思ったが、典子はあまり気にしていない風だった。親が痩せおとろえた女の体を売っているのを、娘は果物か野菜の商いでもしているように思っているらしい。実際、ピアノを弾きおわって私の立っている窓へやって来た典子は、窓から体操の娼婦に、親しげに手を振るのだった。ときどき彼女たちと映画を見に行くこともあると典子は言う。人の育ち方はいろいろあると私は思った。そして、どう育っても人はそう変わらないのではないか、とも思った。姉の伶子にしたところで、不良になったのは家業や環境のせいではなく、単に三枝と運悪く出会ってしまったということだろう。それにしても、伶子と典子の親たちは、三枝のことをどう思っていたのだろう。経営者なら自分の店に出入りしていることぐらいは知っていただろうし、年の割りに遊び慣れていることも耳にしていたはずである。そんな男が遊んだ帰り、道路をぐるりと廻って平気な顔で玄関に入って来るのを、どんな目で見ていたのだろう。そればかりか、そいつが夜中に帰ったあと、伶子が目を真っ赤に泣きはらしているのも見ただろうし、そうかと思えば翌る日には、出どころの怪しい外国煙草を何十カートンも持ち込んで、娘の親に引き取って貰ったりもする。父親と近くのバーで飲んでいるのを見かけたこともあったし、茶の間で母親と花札を引いているのもしょっちゅうだった。伶子に対しては、夢二を気取り、中也のようにはにかみ、ジュリアン・ソレルの野心をちらつかせて見せればそれで通用しただろうが、遊廓まで経営している海千山千の親を三枝はどうやって籠絡《ろうらく》したのだろう。私はいまでも不思議でならない。やはり三枝には、どんな人間でも目《め》眩《くら》ましてしまう魔のような何かがあったのだろうか。魔人とか魔女という言葉があるなら、〈魔少年〉という言葉があってもおかしくない。三枝武夫は魔少年だったのである。

　三枝は絵のような顔をしていた。美しいという意味ではない。描いたような顔なのである。たとえば日本人形の、描いた目、描いた眉、描いた唇を想ってくれればいい。あの左右対称と無表情、すべての造作の太くもなく細くもなく、厚くもなく薄くもない妙な正しさ、そういう三枝の顔は、中学のクラスの記念写真の中でまず目に飛び込んで来たし、暗い露地から現れても衣服の色や柄より先にまずその顔が浮き立って見えたものだった。私はあのころ、鏡を見てよく思ったものである。三枝に比べれば、自分の顔は〈何でもない〉と。

　日本人形の喩《たと》えは、三枝と伶子、典子の姉妹といっしょにニコライ堂へ行った日から、私の中でロシア・イコンの喩えに変わった。ニコライ堂のホールの真ん中に立ったとき、きまって押し包むように寄せて来るあの生暖かい身震いは、四囲の壁からこっちを見つめている数百人の聖人たちの視線の波ではないか。そして彼らの文字通り描かれた目の、眉の、そして唇の、なんと三枝のそれに似ていることか。まるでサーカスの少女のような緋色のマントを羽織ったマリアの見開かれた瞳は、女を見つめる三枝の目である。まだ生まれたばかりというのに、哀しそうにひそめられた救世主の眉は、遊廓の朝、かたわらに眠る娼婦の顔を見やってひそめた三枝の眉である。聖人の身で血を啜ったのだろうか、ニコライ大僧正の赤すぎる唇は、信じられないくらい大きな嘘をつくときの三枝の唇だった。あの日からこっち、私はたぶん千を越す人たちの顔を見てきたが、三枝のような魔の顔は見たことがない。

その三枝が、こんな猥歌を口ずさんでいるのを、あるとき私は聴いてしまった。

「二つとせ、二人娘とやるときにゃ、上の方からせにゃならぬ……」

*

三枝は猥歌も教えてくれたが、中也も教えてくれた。三枝は中也の詩をいくつも覚えていて、すらすらと紙に書いてみせた。「汚れちまった悲しみに」も「サーカス」も、そして「含羞《はじらい》」も、私はそうやって覚えた。いまなら、本屋へ行けば文庫本ですぐ手に入る中也の詩集は、戦争が終わってまだ三年にならない私の中学一年の時代には、図書館にさえなかったのである。中也だけでなく、富永太郎も、津村信夫も、三枝は持っているらしく、どれも諳《そら》んじていて次々に私たちに教えるのだった。私たちは三枝に字を教わりながら、それらの詩句をノートに書き写す。しかし、いま考えると妙な気持ちになる。中学一年と言えば十三歳である。一つ年上の三枝にしたって十四歳にしかなっていない。それが、中也だ小林秀雄だと騒いでいたのだから、いくら昔の子がませていたとしても、あるいは私たちが文芸部だったからと言って、おかしな話である。しかし、実際そうだったのである。私たちは、中也が小林秀雄に長谷川泰子を奪われたコキュだったことも知っていたし、三位一体の愛の生活を実践したニーチェとルー・サロメの話も知っていた。そんなどきどきする話をどこからか仕込んでくるのは、いつも三枝だった。放課後、私たち一年生の部員を四、五人集め、裏山の林に車座になって煙草を回し喫《の》みしながら、三枝は私たちの目を一人ずつ見つめ、愛について、死について、麻薬のような言葉を熱心に囁《ささや》いた。秋の陽が傾き、辺りがひんやりと冷えてくるころ、目の大きな二年生の女の子が椎の木の陰からじっとこっちを見ているのに私たちは気づく。三枝を待っているのである。けれど三枝は決してすぐには立たない。いい加減待たせておいて、いきなり一人すたすたと草の径を下って行く。女の子があわてて後を追う。私たちはため息をついて二人を見送る。一年後にはとても無理だろうが、いつか三枝のようになりたい、私は胸を熱くしてそう思った。

　私は成績が良かったから、担任の女教師から三枝とつきあうのを止めるよう再三忠告されていた。三枝が不良であることは初めからわかっていたが、市の東部にある遊廓に出入りしていることまでは、その女教師から聞くまで私は知らなかった。だいたい、そう聞いたところで、女を買うということがどういうことなのか、そのころの私はわかっていなかったのだと思う。三枝を除いて私たちはみんなその程度のものだった。おなじように中也の詩句を呟いても、彼とは声の重さが違った。女の子の後ろ姿に口笛を吹いても、まるで自信がないからか、みっともなくかすれるだけだった。煙草の吸い方にしたって、三枝のように最後の二センチを親指と人差し指で軽くつまんでゆっくり口元に運び、いまにも唇が焦げようという間際まで深く吸ってポイと指で弾き飛ばすなどという粋な真似はできそうになかった。

　中学二年のくせに、三枝のまわりはスキャンダルでいっぱいだった。例の目の大きな女の子が妊娠しているらしいとか、数学の女教師にラブレターを渡して、そのことが校長の耳に入ったとか、道路を隔てた向かいの工業高校の生徒を素手の喧嘩で半殺しにしたとか、しょっちゅう硬軟とりまぜた良くない噂が飛び交っていた。

　しかし、なんと言ってもいちばん驚いたのは、三枝が年上の女子高生と心中未遂事件を起こしたときだった。それは私が中学二年、つまり彼が三年の夏のことだった。市の東北にある海水浴場のはずれに舫《もや》ってあった釣り舟の中で、札付きの不良少女と言われていた女の子と睡眠薬を飲んだのである。明け方に薬を飲んで、朝の九時ごろにボート小屋の親父に発見されたとき、二人の体は直射日光に四、五時間さらされていたのに汗もかかず、褐色に乾いていたという。三枝の父親が手を回して新聞にこそ出なかったが、それは小さな地方都市では大事件だった。私たち文芸部は、授業が終わってから緊急部会を開いたが、集まってはみたものの何もすることがなく、ただみんな興奮してうろうろするだけだった。しかし、いちばん親しくしていたのは私たちだったから、きっと教員室から事情聴取の呼び出しがかかるに違いないと、全員体を固くして待っていたがそれもなく、私たちは拍子抜けした。仕方がないから、前年情死した太宰と山崎富栄の話や、有島武郎と波多野秋子の話、それだって教えてくれたのは三枝だったのだが、そんな話をして何やら曖昧に散会したように思う。

　さすがにその夜は勉強が手につかなかった。それは多分、私がはじめて出会った人生的な事件だった。いまから思えば滑稽な話だが、心中するからにはその子と交わってからなのだろうかとか、やっぱり太宰の影響だろうかとか、私は真剣に考えた。いくら考えても答えのないことを考えつづけていたら、二階の私の勉強部屋の窓ガラスに小石があたった。また事件かと、胸をどきどきさせて窓を開けると、あの目の大きな女の子が下に立っている。私は足音を忍ばせて階段を降り、藪蚊《やぶか》の多い露地で彼女の話を聞いた。市民病院に入っているというのは嘘で、三枝は家に帰っているとその子は言う。自分は行けないから私に様子を見てきてくれと思い詰めた顔で迫るのである。そして、できたらこの手紙を渡して欲しい。桃色の封筒が可《か》愛《わい》かった。私が承知すると、女の子はわっと声をあげて私の胸に抱きつき、しゃくりあげた。彼女の尖った顎《あご》を指で持ち上げ、私は何かわけのわからないことを口走っている唇にキスした。ああいうのをどさくさまぎれというのだろう。それでも彼女は私にしがみつき、自分から舌を入れてきた。女の子の方がよほど慣れていた。私はそのときが初体験だったのである。飛び上がるくらいの事件に、はじめてのキス、それもこれもみんな三枝のおかげだった。

　三枝の心中未遂事件は有耶無耶《うやむや》のうちに終わった。何の処分もないまま夏休みに入り、九月の新学期になると三枝は平気な顔をして学校へ出てきた。相変わらず女の子のあとを追い回し、夜の河原で町のチンピラと喧嘩してチェーンで額を切られ、中間テストになると、どの課目の答案にもアランの人生論について書きつらねて教師たちを煙《けむ》に巻いたりしていた。誰もそれについては口にしようとしなかったが、あの事件で三枝と私たちの間に決定的な差ができてしまったのは紛れのない事実だった。あのころ私たちが毎日していたことは、たとえばいくら眉を顰《ひそ》めて煙草を吸ってみても、学帽にグリースを塗ったくって光らせてみても、所詮それは子供の領分の出来事でしかなかった。三枝だけが大人の空気を吸っている。それも、落ち着いて、大人よりも大人っぽく。物の言いようも、歩き方も、読書の量も、したがって知性も、さらには度胸さえも、三枝は教師たちより上にいると私たちは思っていた。実際、彼に説教する教師は一人もいなかったし、そればかりか、新しく校則を改めるにあたってとか、学校の行事や催物に際しては、教師たちは三枝に相談を持ちかけて了解を求めることさえよくあったのである。三枝は札付きの不良少年である。良い時代だったのか、悪い時代だったのか、昭和二十年代前半のあのころの中学には、まだそんな不思議なことがあった。美少年伝説や天才伝説が眩《まばゆ》いばかりの輝きを放っていた、あれは最後の時代だったのではなかろうか。

　そう言えば、いつも少し離れたところから三枝を見つめ、小走りにその後を追っていたあの目の大きな子――みどりと、典子とはどこか似ていなかったろうか。みどりはクラスの女の子たちといるときは誰よりも明るく快活で、仲間の面倒見もいいくせに、三枝の前に出ると嘘のように無口になり、彼の目の色を窺《うかが》う様子が見てとれてかわいそうだった。彼女は下級生の私たちにまで、三枝の仲間だという理由だけで、私たちの苦手な図画の宿題を手伝ってくれたり、当時はなかなか手に入りにくかった色鉛筆をくれたりした。そんな中学時代の出来事を思い出しながら典子について考えると、彼女の私への優しさも、甘えも、親しさのわりには出すぎたお節介も、それは私が三枝に可愛がられていたからだったのかもしれない。湯島の旅館に典子を一人置いて帰る小雨の道、私ははじめてそのことに思い当たり、辛かった。風の具合いで束の間聴こえて消えた貨物列車の長い汽笛が、三枝の笑い声のようで、辛かった。二十歳の欲望の行きどころがなくて、さっき典子を組み敷いたとき、私の掌の中で重く弾んだ典子の胸が、新しい花のような顔に似つかわしくなく大人びてやわらかだったのを思い出す。もしかして、あれは三枝の手に触れられて大きくなったのではあるまいか。そうでないにしても、三枝のことを思って自分の手でああなったのではなかろうか。妄想は、また七年前のみどりの噂を思い出させる。手足がほっそりとして小柄なみどりの胸が膨《ふく》らみはじめたのは、彼女が二年の冬だった。私たちの中学は制服がなかったから、冬になると女の子はセーターが多くなる。シャツの季節にはわからなかったのに、セーターになるとみどりの胸は他の子の倍ぐらいに大きくなっていて私たちはびっくりした。その話は下級生の私たちの間でも評判になり、わざわざ二階の二年生の教室まで覗《のぞ》きに行く者までいたくらいだった。私たちがびっくりしたのには訳がある。三枝が夏休みのころ、そのことを予告していたからである。しばらくしたらみどりの胸が膨らみはじめると三枝が呟き、その通りになったのだから私たちは感心してしまった。この男は女の体まで変えてしまう。たった一つしか年が違わない魔少年の三枝は、また一つ新しい伝説を作り、またもう一つ遠いところへ行ってしまった。

私は典子に手紙を書かなかったし、典子からも名古屋へ帰ったあと何の音沙汰もなかった。三枝からはしょっちゅう葉書で名古屋へ来い来いと言って来たが、私は返事も出さなかった。どうも三枝にからかわれているような気がしてならなかったし、典子にだってどんな顔をして会ったらいいのかわからなかった。いっぱしの不良ぶって、姉の伶子でも妹の典子でも、どっちでもいいなどと思っていたくせに、あの桜のニコライ堂と湯島の旅館の日から、私ははっきり典子の方に恋をしていた。だから、知らん顔はしていても少し焦ってもいた。このままにしておいたら早晩典子は三枝のものになってしまうだろう。春、典子が東京へやって来たのも、勘ぐれば三枝の差し金かもしれない。私が何もできないのを知っていて、そしていずれ自分のものにするつもりの女に私が迷うのを離れたところから想像して、彼は暗い愉《たの》しみを愉しんでいたのではないか。そんな、悪意としか言いようのない気持ちを、それでも私は彼らしい悪戯《いたずら》だと思おうとしていた。それほど私は三枝に屈伏していたし、憧憬していたし、愛していたのである。だから、返事を書かない、名古屋へ行かないのがせめてもの反抗で、怒ったり憎んだりはとてもできなかった。それだから辛かった。

　どうしてあのころは、あんなに時間が経つのが遅かったのだろう。来る日も来る日も、典子や三枝のことを考えていて、まだ夏だった。私は大学浪人に慣れてしまって、まるで大学の講義に出かけるみたいにゆったりと家を出、電車に乗り、御茶ノ水にある予備校に通っていた。夏休みに地方から来ている坊主頭の現役の学生を横目で見ながら、こいつは来年の春、きっと合格するだろうなどと他人事のように考える。そういう自分は、一生経ってもやはりこうしてぼんやり予備校の後ろの方の席に坐っているような気がする。冷房などない教室だったが、そのころはそれが当たり前だったし、あくせくした気持ちがないと、暑さというものはそれほど感じないもので、私は三角函数のノートをとりながら典子の胸の重いふくらみを思い出したりしていた。昼休み、ギシギシ嫌な音のする木造の階段を降りると、一階ロビーの模擬試験の成績を貼り出してある前に、約束もしてないのに伶子が私を待って立っていた。黄色いリボンのついたストローハットに、やはり黄色に黒の水玉のワンピース、そんな派手な格好の女が予備校にいるわけがないから、伶子はいやでも目立った。連れ立って外へ出ても、銀座の真ん中ならともかく、神田の学生街ではみんなが振り返った。しかし、振り返って見ただけではわからなかっただろう。伶子はまだ午《ひる》過ぎだというのに、かなり酒の匂いがした。

　あの時間に予備校へ行けば、かならず私に会えると思ったと伶子は言う。明け方近くまで飲んで家へ帰って着替え、そのまま名古屋駅から汽車に乗った伶子はほとんど寝ていないらしい。新幹線のない時代だから、楽な旅ではなかったはずだ。伶子はゆらゆら揺れていた。揺れながら、どこかで休ませてと私の耳に囁く。私は急に暑くなった。忘れていた汗が腋の下を伝いだす。どうしてこの姉妹にこんなに振り回されるのだろう。私はニコライ堂への池田坂を伶子と縺《もつ》れて歩きながら幾度も後ろを振り返った。三枝が笑いながらすぐそこに尾《つ》いてきているのではないか。私を振り回しているのは伶子と典子の姉妹ではなく、その後ろにいる三枝なのではないか。それならしっかり見ているがいい。伶子を、あの三枝の女を玩《もてあそ》ぶように抱いてやろう。七年もの間、指をくわえて眺めてばかりいた小心の文学少年にしては劇的すぎる場面である。三枝がフリーパスの悪魔の市《まち》への、これは入り口かもしれない。私たちの足はいつかの湯島の旅館街に向かっていった。もちろん、私がリードしてのことである。道すがら、私は三枝に教わった猥歌を胸の奥深くで繰り返した。

《二つとせ、二人娘とやるときにゃ、上の方からせにゃならぬ……》

けれど、やられたのは私の方だった。伶子は笑いながら私の白いシャツを脱がせ、笑いながらのしかかり、笑いながら私を自分の中に導いた。春の海のように生温《なまぬる》く、曖昧に弛《ゆる》んだ伶子の中だった。

姉は血を吐く、妹は火吐く、
可愛いトミノは宝玉《たま》を吐く。
ひとり地獄に落ちゆくトミノ、
地獄くらやみ花も無き。
鞭で叩くはトミノの姉か、
鞭の朱総《しゅぶさ》が気にかかる。

終わった後の汗の中で、天井を見ていた伶子が言った。「妹と結婚してやってくれない？」旧式のクーラーの音がやけにうるさい部屋だった。

＊

伶子の生ゴムみたいに嫌らしい体には執着するかもしれないが、その吐息や囁きが忘れられなくなることはないだろうと、私は下から伶子の乳房を甘嚙《あまが》みしながら考えていた。私の上で旋回するように、細かく蠢《うごめ》きながら伶子が上下すると、長い髪がそれにつれて擽《くすぐ》ったく私の裸の肩や首筋に触れる。伶子の髪は乾いて焦げ臭かった。私は、あの夜の典子のしっとりと重く、梔子《くちなし》に似た髪の匂いを想って胸が痛くなった。妹のどんなところも姉の伶子にはなかった。いくらか言い訳がましいが、それが私の気持ちを救っていたのだろう。どの子が欲しいと訊かれたら、まず手を挙げて私はやっぱり典子が欲しかったのだ。

　しかし、妙なことを言うようだが、あの日まだ陽の高い旅館の裏部屋で私が寝たのは、伶子だったのだろうか。それとも三枝武夫だったのだろうか。私の耳を嚙み、腋の下を吸い、背骨に沿って啄《つい》ばんだ熱い唇と冷たい歯は、あまりにも三枝のそれに似てはいなかったか、私がその間なるべく目を閉じないようにしていたのは、体にまつわりつく指も髪の毛も腿も、そして変にそこだけさらさらした乳房も、それらがみんな三枝の部分のように思えてくるのが怖かったからだった。三枝は、男のくせにたわわな乳房さえ具有していたのだ。追い払っても、追い払っても、隙《すき》を見ては忍び寄ってくる両性具有の三枝の顔を避けながら、この顔はどこかで見た顔だと私は思いつづけていた。

　思い出すほどのことではなかった。三枝のいくらか下ぶくれの頬をナイフで殺《そ》ぎ落とせば、その顔はニコライ堂のロシア・イコンの聖人たちとそっくりになる。描いたような眼に引いたような眉、それらの簡単さと裏腹に淫らに塗ったような唇は、他の誰でもない、いつか見たシベリアの聖者たちの顔なのだった。凍土《ツンドラ》の隅にうずくまって、来る日も来る日も悲しい愛を積み重ねていると、それはいつか音もなく解体して砂のように乾いた頽廃に変わって行くという。おなじイコンでも、ブルガリアやルーマニアのものはもっと絵画的だし、情景が生活的だし、したがって人物の顔に表情があって人間的である。つい先頃、サントリー美術館に展示されたブルガリア・イコンの中には、たとえば「エルサレム入城」や「受胎告知」のように構図や色使いの上で近代絵画の技法を想わせるものがいくつもあったし、それらが飾られている辺りに漂っていたのは、宗教の厳粛さと言うよりは、むしろ優しげな明るさと平穏であった。それに引き比べ、ロシア・イコンから受ける冷酷と言ってもいいくらいの拒否の力はいったい何なのだろう。暖炉の上の壁や、凍《い》てついた窓辺に掲げて礼拝したロシアの人々の魂は、これで本当に救われていたのであろうか。

私には彼らのマゾヒスティックな、諦めに似た微笑《ほほえ》みが見えるようである。

幼稚なことを考えるようだが、各々の家庭で聖画を礼拝することを認めたギリシャ正教が、十世紀ごろからロシアで見る見る普及したのは、ロシアでは土地があまりに広大過ぎて、特に雪に降りこめられる冬などは教会へ通うのに難儀したからなのだろうか。一つの家に一枚のイコンというだけで、少なくとも国家が国教として布教に努めた中世のころには、ロシア全土に数百万枚の貧しいイコンがあったはずである。いま残っているそのころのロシア・イコンは、どれも粗末な板片や布片に描かれたものがほとんどだし、それらには描いた者の署名さえないものが多い。詳しいことはわからないが、ロシア・イコンは画家によって描かれたのではなく、工房で作られたものが大部分だったらしい。あるいは、いわゆる素人が自分で描いて自分で礼拝するということもあったのだろう。いずれにしても、専門の技術を持たない者の手に成っていたのである。千年のイコンの歴史の中で、画家として名の残っているのは、十四世紀の中ごろコンスタンティノープルからやって来たグレッグと、その弟子のアンドレイ・ルブリョフ、この二人の作風を継いだディオニーシーぐらいのものだというから、描かれた作品の膨大な数を考えたとき、やはり不思議な系譜と言わなければならない。革命によって政教が分離されて、ギリシャ正教は急激に衰え、教会堂の廃墟があちこちに見られるとは言え、いまでも農村部などではイコン礼拝がつづいているという。彼らはこれからもあのトランプのキングのようなキリストや、クイーンによく似たマリアの前に頭を垂れることをやめないだろう。私はそこに、鈍色《にびいろ》の、ロシアの怨みを見る思いがする。

　この〈怨み〉がロシア・イコンを冷酷にし、恐ろしくも華やかにした。だから、東欧のイコンや日本のイコンは不気味でもないし、怖くもない。わが国にも明治の初期に、山下りんというイコン画家がいて、その作品が水戸に近い笠間という町の美術館に残されているが、ロシア・イコンを懸命に模しているのにその画風は明るく、描かれた人々の顔には幸福感さえある。ギリシャ正教布教のために日本に渡って来たニコライ主教が、ニコライ堂を建てるのに、堂内に飾るイコンの数が足りないので、イコン画家を養成しようとして選ばれたのが山下りんだった。明治十三年、単身ペテルブルグの工房へ修業に旅立ったとき、彼女はわずか十六歳だった。それ以前の山下りんはごく短期間ではあったが東京の工部美術学校という絵の学校へ通っていたから、絵画についてまったくの素人ではなかったし、十九世紀末のペテルブルグはヨーロッパに近いこともあって、新しい美術の波はその都市まで十分届いていたはずだから、彼女が二年半の間に学んだものは、主として宗教画に限らない近代絵画の技法であったと思われる。いまニコライ堂の四周の壁にあるイコンに比べ、山下りんのそれには、逆に戸惑うような立体感や遠近感が見られる。そして、そんなことよりも、何よりの違いは、〈ロシアの怨み〉がどの人物の顔にも窺えないことである。山下りんは可憐《かれん》で人のいい日本人であった。

伶子が私の横顔を盗み見ながら、妹の典子と結婚してやってくれないかと呟くように言ったとき、私はロシア・イコンの三枝の顔を咄嗟《とっさ》に想《おも》った。三枝の典子への欲望を察知しての、それは伶子の女らしい予防工作だったのである。けれど、そんなところで三枝が後手にまわるはずがない。もう遅い。典子は三枝のものになっているだろう。私は典子の顔ではなく、三枝の顔を思い出して少しだけ泣いた。伶子に見られているのを知りながら、泣いた。伶子を抱いて、束の間近くなったと思った三枝は、典子といっしょにまた遠くなった。何も考えたくなかった。一年前ならすぐに汽車に飛び乗って名古屋へ行ったかもしれない。けれど、そのころの私は二十歳にしては少し疲れていた。それに、どうしても誰かにいてもらわなければ息がつけないほど孤独でもなかった。このことを自分の傷にすまいという狡《ずる》ささえあったように思う。中学のころから途切れ途切れにつづいている筋の入り組みすぎた物語の中から、これで脱《ぬ》け出せるかもしれない。三枝の一座で、ある役を演じるには、私は気が小さかったし、真面目だったし、器用でもなかった。三枝のように、よそ見しながら愛と頽廃をお手玉のように掌の上で操ってみせる真似など、何年かかったってできるはずがない。勉強して大学へ入ろう、うつぶせの裸の伶子の腰のくびれに頭をのせ、窓からの白昼の光の中に舞う白い埃《ほこり》を目で追いながら、私はそう思った。

そして私は思った通りにした。勤勉に予備校の授業を受け、家へまっすぐ帰って勉強する毎日がつづいた。名古屋へ戻った伶子がどう話したのかは知らないが、そのあと三枝からも典子からも何も言ってこなかった。私はストーリーの外へ出てしまった。私という脇役が一人いなくなって、筋立てに困っているのではないだろうかと時折考えることはあったが、もう一度あの人間関係の薄闇の中へ戻る気は起こらなかった。秋の日曜の午後、勉強に疲れて家の近所を散歩していると、坂道の途中にある家から「アルプスの夕映え」が聞こえてくることがある。窓の白いレース越しに見える女の子はまだ七、八歳ぐらいだろうが、小さいころからピアノを習っていたのか、ずいぶん達者である。典子の「アルプスの夕映え」で体操をしていた名古屋の娼婦はどうしているだろう。まだあの店に出ているのだろうか。わずか一年半ほど前のことが、遠い遠い出来事のように思われる。私は平静な気持ちであのころのことを思い出している自分に満足していた。少年時代が終わろうとしている、ピアノを背中で聴きながら、坂道を下り切ったところで私はそう感じた。

それからの話は、かなりあとになって人から聞いた話である。いくらかの潤色があるかもしれないし、意地悪な見方も入っているだろう。昔から、こと三枝についての話で好意的なものなどあるはずがなかったのだから……。それが私が三枝たちから離れた年の冬だったのか、あるいは翌る年の冬だったのかわからないが、その事件はとにかく冬の夜に起こったらしい。三枝と伶子はいっしょに暮らしていたが、うまくいっていなかった。他の女との場合は隠し立てなどする三枝ではなかったのに、妹の典子とのことだけはそうではないと言い張り、典子の方も姉の糾問を冷やかに微笑って受け流すのが伶子を怒らせた。典子が洋裁を習いに行っている市のはずれの町にある連込みホテルから二人が出て来たとか、三枝が借金のかたにサーヴィス喫茶の女から取り上げた指輪を典子がしていたとか、伶子に言わせれば証拠だらけなのに、二人はどうしてか強情に何もないと首を振る。伶子の酒量は倍に増え、三枝と諍《いさか》っては飲み、飲んでは半狂乱になる情けない姿が三日に一度は見られるようになった。三枝と伶子は、二匹の幼獣のように庇《かば》い合い、二枚の落葉のように風に吹かれてどこまでもいっしょに流れて行った、あのころの心優しい不良少年と不良少女ではもうなかった。私の少年時代が終わったとき、彼らの中でも何かが終わったのだろうか。それとも、不良少年や少女たちが奇蹟のように鮮やかであることを許された、終戦からほぼ十年という、ほんの短い乾いた季節そのものがどこかへ立ち去ってしまったのだろうか。どっちにしても、軋《きし》むような嫌な音をたてて、私たちの舞台は廻りはじめていたのだ。

　雨の多い冬だったという。その夜、濡れた鉄階段に足を取られながら酔った伶子がアパートへ帰ると、電気の消えた深夜の室内から男と女の重い呻《うめ》き声が聴こえる。女の声は妹の典子である。さすがの伶子もドアを開けるのを躊躇《ためら》った。自分がそろそろ戻るのはわかっているはずである。怒りとか悲しみとか惨めさとか、それはもうどうでもいいから、この濡れた体を中で暖めさせて欲しいと思った。冷えた体と心だったが、荒い息だけが熱かった。「お姉ちゃん……」。伶子は確かに聞いた。落ち着いた妹の声だった。外灯の明かりで台所のガラス窓に影が映ったのかもしれない。伶子はあきらめてドアを開ける。酔ったふりをして、明日の朝はもう何も覚えていないことにすればいい。わざと足をもつれさせて入ってみると、炬燵《こたつ》を真ん中にして、三枝は押入れを背に、典子は整理箪笥《だんす》に凭《もた》れかかり、二人は炬燵に入れた足をのびのびと伸ばして、まるで長い冬の夜話をしているようだった。はじめに典子が、そして、三枝がゆっくりと伶子の方を見て微笑いかけた。暗さにようやく慣れた伶子の目が見たのは、濡れ濡れと暗褐色に焼け爛《ただ》れた二人の顔だった。

典子は声をたてて笑いながら、小瓶の希硫酸を三枝に振りかけたらしい。それから残りを革手袋の自分の掌にあけ、化粧水のように顔全体に塗りつけたという。だから典子の方がはるかに火傷はひどかった。伶子は咄嗟に投げ出された希硫酸の小瓶を拾い、中が空なのを知って泣き出した。残っていたら、自分もそうしようと思ったのである。外の雨はいくらか小降りになっていた。濡れた洋服を着替えた伶子を真ん中に、三人は傘をさして近所の病院へ行った。三枝も典子も神妙に手当てを受け、皮膚の移植手術についての医師の説明を熱心に聞いていたというのだから、何だか変な話のようだが、そんなものだと思う。その方が本当らしいと思う。

今度の事件も新聞には出なかった。いちばん悲しい出来事や、いちばん辛い事件というものは、いつも新聞に書かれないところで起こっている。本当の事件の結末は、いつも何やら曖昧《あいまい》である。人生の辻褄《つじつま》はなかなか合わないものらしい。三枝も、伶子も、典子も、誰も自殺などしなかったし、かと言ってそのうちの二人が結ばれたわけでもなかった。あんなに入り組んだ筋書きや舞台装置のわりには、無愛想に尻切れとんぼである。昭和三十二年、売春防止法が実施されて姉妹の親がやっていた遊廓はなくなり、妹の典子は市の中心部の繁華街に小さな店を出し、結構客が入った。どの程度に傷跡が消えたのかは知らないが、嫌いだった厚化粧をしないわけにはいかなかったことだろう。姉の伶子の方が証券会社に勤めたというから世の中わからない。若いころの二人の性格を考えれば逆である。三枝の悪口を言う奴に食ってかかって行ったときの、伶子のあのキラキラ炯《ひか》る眼は毎日の職場の中でいったい何を見ていたのだろう。その後のことは知りたいとは思わない。あのころが懐かしくないかと言われれば、胸の底に波立ちはじめる何かは確かにあるけれど、それは懐かしさとは少し違う。私は彼らといっしょに過ごした日々から、なるべく早く、なるべく遠くなるために急ぎ足で生きて来たような気がする。たとえばそれは、盗んだ大金を隠して山を下りて、動悸しながら息をひそめている犯罪者の日々に似ている。私にとって〈あのころ〉は、一生取りに戻れない忘れ物である。

　三枝はと言えば、名古屋からはいなくなったらしい。たった一つ聴いた噂は、少年のころにはなかった赤褐色の小さな痣《あざ》が目の下にあったという話である。架刑台

から下ろされたイエスの骸《むくろ》を抱いた聖母のように、三枝は目から血の涙を流して、
今日も何処かで生きているのだろうか。

カタリ

十年ぶりの東京は、私に優しくなかった。三月、私は大学受験に失敗し、疎開したまま帰りそびれていた父母の郷里から、予備校で来春に備えるために上京してきたのだった。桜が散って、眠くなるような生ぬるい春風が吹く街は、無気力な私によそよそしい顔しかしてくれなかった。昭和二十九年春、私は十九歳で、孤独だった。

来年の三月は遠すぎた。勤勉に朝早く予備校へきて、教室のいちばん前の席に坐る連中を横目に見ながら、私には危機感とか切迫感というものが少しもなかった。アパートの部屋に、拾ってきた子猫を飼い、その猫にボケというふざけた名前を付け、午前中ボケと遊んで、午後から水道橋の予備校に顔を出す。いまから思うと、あんなに時間をもて余したのは、これまでの六十年の中で、あの二年間だけだった。郷里で受験勉強をしていたころは、心配ばかりしていた母の手前、問題集を解いているふりをして小説ばかり読んでいたのに、時間があり余ってみると、それも読む

灰の劇場

恩田陸

「私は確かにその二人を知っていた。もっとも、私はその二人の顔も名前も知らない。」恩田陸の新境地となる、〝事実に基づく物語〟。

▼一七〇〇円

覚醒するシスターフッド

マーガレット・アトウッド／大前粟生
柚木麻子／藤野可織 他

発売即増刷となった「文藝」二〇二〇年秋季号の特集掲載の小説を単行本化。大前粟生、サラ・カリー（岸本佐知子訳）の短編を新収録。

▼一三〇〇円

純猥談
一度寝ただけの女になりたくなかった

純猥談編集部編

私が主人公だったかもしれない、性愛にまつわる誰かの体験談。たった五分でエモくて切ない気持ちがこみあげるショートストーリーズ。

▼一二〇〇円

されく魂
わが石牟礼道子抄

池澤夏樹

共にされく（漂浪く）魂をもつ作家が、溢れ出し、時に飛び去る石牟礼の類い稀な言葉の数々を追い奇跡の作品群に対峙した渾身の論考。

▼一六〇〇円

みっちんの声

作家同士の親密な語り合いから池澤は、

気にならない。映画も面白くない。大学へ入った友だちにも、おなじように浪人している連中にも、会いたくない。十九歳で、心弾むことがまるでないのである。

――あれは、本物の憂鬱だった。

いきつけの喫茶店だけはできた。神田三崎町にある予備校から、日暮れ近いだらだら坂を下り、神保町の古本屋を二、三軒覗いて、駿河台下へ出る。そこから少しいって左へ折れ、池田坂を上っていくと、右手にニコライ堂が見えてくる。そのころは、まだ辺りでいちばん高い建物だった。ドームの緑青《ろくしょう》に茜の日が射して、不思議な色に染まる。ニコライ堂の脇を抜けて、御茶ノ水の駅が近くなるころ、五時の鐘が鳴る。遠くで聴くと、寂しげでいい音だが、頭の上の鐘楼から降ってくると、それは割れ鐘のようだった。あのころ、私は何十回両手で耳を塞《ふさ》いだことだろう。

御茶ノ水の駅の斜向《はすむか》いに「ジロー」という喫茶店があった。喫茶店と言えば、「らんぶる」とか「琥珀《こはく》」とかいう名曲喫茶が多かった中で、「ジロー」は、めずらしくシャンソンを聴かせる店だった。そのころ人気のあったイヴェット・ジローからとった名前である。別にシャンソンが好きなわけではなかったが、ジャズの店の粋がった様子や、名曲喫茶の、あの深刻ぶった雰囲気よりはましだった。珈琲一杯を、長い時間かけて飲み、毎日二時間ばかり、夕暮れどきをそこで過ごした。夏が近づき、日が長くなっていたから、七時ごろ外へ出ても、街はまだ薄明るかった。

　二つ年上の女の子と、「ジロー」で知り合った。そろそろ短くなりはじめた袖から覗く二の腕が太いのを、会うたびに気にしていたが、さほどではなかった。それよりも、急いで店へ駆け込んできたときの鼻の頭に、汗をかいていることの方が気になった。けれど、品のある、横顔のきれいな子だった。御茶ノ水の文化学院の美術科へ通っているという。そう言えば、はじめて会ったときから、大きな画板とスケッチ・ブックを抱えていた。みんなが印象派ばかり好きだというから、そんな顔をしているけれど、ほんとうはターナーが好きだとその子は言い、私はする話がないので、猫の話をした。特に約束をしたことはなかった。私は、その時間、いつも「ジロー」にいたからである。ただ、はじめのうちその子は、離れたところに一度坐り、それから珈琲茶碗を持って私の席に立ってきたのに、夏が終わるころには、店に入ってきて私を見つけると、真っすぐに私のところにやってくるようになった。ある日、その子が腰を下ろしたときに起こった小さな風の中に、ふと、うっすらと汗の匂いを嗅《か》いで、私は、この子と寝るだろうと思った。

　ジローやモンタンや、ジルベール・ベコーのシャンソンがほとんどではあったが、「ジロー」では、時にカンツォーネがかかることがあった。画学生のその子が、カードに書いてリクエストするのである。それは、決まって「カタリ」という曲だった。

カタリ　カタリ
おまえの唇から洩れるのは
辛い　つれない言葉ばかり
そんなに私をいじめないで
おまえのために
何もかも失《な》くした私を
カタリ　どうか忘れないで

原題は「Core ’ngrato」、つまり〈うすなさけ〉というらしい。カタリ〈カタリーナ〉というつれない女に、ひたすらもう一度愛を、と訴える男の歌である。なんとも情けないが、なんともきれいな歌である。一九〇八年にサルヴァトーレ・カルディルロが作った歌で、イタリアでは一九一一年に一度流行り、戦後の一九五〇年ごろデル・モナコが歌ってまた大ヒットしたという。私が「ジロー」で聴いたのは、たぶんこのデル・モナコ版だったと思う。〈うすなさけ〉ということが、私にはよくわからなかった。外国の女には、男を手玉にとって、サッと身を躱《かわ》す女はいるかもしれないが、日本の女には似合わないと思ったのである。どうしてこの子は、こんなに「カタリ」が好きなのだろう。聴いている横顔をそっと盗み見ると、閉じた瞼《まぶた》に涙が光っていた。

　秋も深まった雨の夜、予感通り、私はその子と寝た。田端の木造アパートの二階だった。「神田川」みたいに、傘をさしていっしょに近くの銭湯へいき、待ち合わせて帰って二人で押入から布団《ふとん》を出して敷いた。ターナーの好きな画学生のくせに、布団の模様は、昔の子供が着ていたような、腹掛けをした童《わらべ》に、でんでん太鼓だった。建てつけの悪いアパートの床が、嫌な音を立てて軋《きし》んだ。

　うとうとしていて、ふと目がさめたら、小型の電蓄に毛布をかぶせて、その子はレコードを聴いていた。いつも「ジロー」で聴く「カタリ」だった。深夜のアパートの部屋に、「カタリ」は美しすぎて、このところ、しばらく忘れていた憂鬱が、やりきれなく私の胸の中に広がった。とても身勝手だとは思ったが、腹さえ立った。その子に悪いところは一つもなかったが、私の周りに棲《す》みついている嫌な感じの方が悪過ぎた。こういう時間と、生活の中に現れるのは、こういう女の子なのだ。

――私は、持っていくように勧められた傘も断り、雨に濡れて駅へのぬかるんだ坂道を下った。

私は「ジロー」へいくのを止め、次の年の春、また受験に失敗した。

女の死体

まるで、古いフランス映画のワンシーンのような構図だった。見せかけのアール・ヌヴォー風の出窓、灰色の埃《ほこり》がうすくたまった木製のブラインド、部屋の隅のそこだけ変に白々と浮き上がって見えるほうろう製の洗面台、窓の外には昨日の昼すぎからの雨が細く降り、鉄製のベッドには死者が横たわっていた。

私が女の死体というものを見たのは、後にも先にもこの朝だけである。本当の話、うまく避けて通れば五十年、死者の顔を見ないでやって来れるものだ。気が小さいから、怖いのである。人の通夜に行っても、離れたところから手を合わせるだけで決して死者に近づこうとしない。だから、いまからもう二十五年も昔、あの四月の雨の朝のことは忘れない。水色の枕から少し頭を落して死んでいる女の顔を、私は見てしまったのである。

その女は、アンナと呼ばれていた。三十は出ていても一つか二つといった年ごろで、ハリーという名の兄とふたり、横浜は馬車道の裏通りで「カフェ・モーツァルト」という店をやっていた。舶来《はくらい》の名前で呼ばれていたが兄妹とも、もちろん日本人だった。あのころの横浜あたりには、どこか草臥《くたび》れた感じのそんな男女がよくいたものだ。店の名前の「カフェ・モーツァルト」は十九世紀のウィーンの街角にいくつもあった茶房から取ったものである。「カフェ・グリーンシュタイトル」とか「カフェ・カイザーホフ」とか、世紀末ウィーンの芸術家がよく屯《たむろ》していたカフェのひとつで、国立歌劇場の裏、アルベルティナ広場にあり、ウィーン会議のころは店にモーツァルトの胸像があったという。どうして馬車道裏のその店が「カフェ・モーツァルト」なのかを私たちはみんな知っていた。別に兄妹のどちらかがオーストリアにいたことがあるとか、そんな話ではない。ハリーとアンナ、兄妹そろって映画「第三の男」狂だったのである。と言えば、もう誰だってわかるだろう。ふたりの名前のハリーはオーソン・ウェルズのハリー・ライム、アンナの方はアリダ・ヴァリがやった恋人アンナ、それからいただいたに違いなかった。

　地下に潜行していたハリー・ライムが警察の罠にかかっておびき出された店が「カフェ・モーツァルト」である。危機を知らせるアンナの絶叫にハリーは店を飛び出し、瓦礫《がれき》の山を滑るように逃れ、そこからあの有名な下水道の追跡シーンが始まる。昭和二十七年に公開された「第三の男」は、当時の映画ファンにとって忘れられない名作であった。映画は大ヒットし、アントン・カラスのツィターのテーマが毎日ラジオから流れ、「第三の男」という名のバーがあちこちに現れた。だから、「カフェ・モーツァルト」だってもしかしたら同じ横浜に何軒かあったのかもしれない。しかし、アンナとハリーがやっていた「カフェ・モーツァルト」は他にあるわけがない。あのころ私たちが過ごした青春が他には決してあるはずがないように……。

　私たちの仲間の何人かは間違いなくアンナと寝ているようだった。誰も口に出しはしなかったけれど、みんな二十代で若かったから大人っぽいさりげなさで通すことなどできなかったのだろう。カウンターの男たちの間には、だからいつも微妙な苛立《いらだ》ちと、ことさら平静を装うための疲労感が淀んでいるのだった。私自身は、とても臆病だったし、それに変にまじめにアンナに恋していたから、みんなと同じように彼女と寝ることに不自然な抵抗があって、そのくせ人並みの見栄だけはあるから店が終わった深夜、わざと意味ありげにアンナの肩を抱いて石畳の坂道をゆっくり下りて行ったりしたものだった。

　アンナと名乗るだけあって、頬の肉の薄いところや、茶がかった髪が煙るようにやわらかく揺れる感じや、何よりも暗いアンニュイの漂う眼の色がアリダ・ヴァリによく似ているのだった。それに、灰色のコートやつばの広い帽子、身につけているものも映画そっくりだったから、アンナは何の不思議もなくアンナだったのである。みんなアンナに恋していた。アンナも年下の男たちを好きだった。兄のハリーはそんな妹と若い男たちを、カウンターの奥で皿を洗いながら黙って見ていた。あまり感情を表さないハリーの眼は、私たちのひとりひとりをみんな理解し認めているようでもあり、全員を拒んでいるようにも見えた。そんな不可解なところは、なるほどハリー・ライムに似ていた。あの人は追われているの、とアンナが低い声で私の耳に囁いたことがあった。芝居がかったそんな台詞が「カフェ・モーツァルト」の仄《ほの》暗い灯の下では本当のことのように思えるところが妙だった。そして「第三の男」狂の兄妹のそばにいると、私たちもそれぞれお互いにクルツ男爵とか、ポペスクとか呼び合わなければいけないような気持に、だんだんなって来るのだった。

　アンナがハリーに抱かれるようにして本牧の精神病院の通用口から出て来るのを見た、と言ったのはシルクホテルの中で開業している歯医者の息子だった。私たちがあの店に集まりはじめて一年あまりたった冬だった。アンナはまるでハリーに急を知らせるように恐ろしい叫び声をあげ、兄は大きな掌《てのひら》で妹の口をふさいだけれど、道行く人々はみんな振り返ったという。その年の冬の寒さのせいだけでなく、私たちは胸のあたりが冷たくなった。こんな日がいつかは来るような気がしていた。それくらいアンナはアンナになりきっていた。それにしても、いったい人が別の人物になりたいと願うということは、どういうことなのだろう。名前も衣裳も声も、性格までも〈その人〉に似せたところで、行き着く先にあるものはいったい何なのだろう。アンナの本名は誰も知らなかったけれど、どうしてアンナはアンナになりたかったのだろう。

「カフェ・モーツァルト」の重い扉に休業の札がかかり、それからしばらくしてアンナは死んだ。桜にはまだ少し早い春の朝だった。仲間たちは、誰もが生前のアンナとわけがあったような顔をして本牧にある兄妹のアパートに集まった。睡眠薬の服《の》みすぎだという。過失死か自殺か、よくわからなかった。ハリーはハリー・ライムのような黒い服を着て、私たちのためにお茶をいれてくれた。「第三の男」にはおよそ似合わない、それは熱いほうじ茶だった。アンナのベッドの足元にある電蓄には、すり減ったアントン・カラスのレコードが乗せられたままである。私たちには、そのラベルの文字をわざわざ確かめなくても曲名はわかっていた。映画の中でアンナがハリーのことを想って細い眉を曇らせるシーンに、物憂く、しのび泣くように流れていた「カフェ・モーツァルト・ワルツ」を聴きながら、アンナは少し笑って死んだ。

私たちが、アンナとハリーが兄妹ではなく、ちゃんと籍の入った夫婦だったことを知ったのは、それからずいぶんたってからのことである。

露地の女。

〈roji〉には三通りの書き方がある。〈路地〉と〈露地〉と〈露路〉である。たとえばサトウハチローは〈露路〉と歌い、中上健次は〈路地〉と呟き、私はかならずといっていいほど〈露地〉と書く。――私の〈露地〉は、いつだってしっとりと重く濡れて、女の呼吸《いき》と涙に似た匂いがした。

露地と聞くと二つの古い歌謡曲を思い出す。一つは《暗い浮き世の　この裏町を／覗く冷たい　こぼれ陽よ／なまじかけるな　薄情け／夢も侘しい　夜の花》という戦前の「裏町人生」（詞・島田《しまだ》磬也《きんや》、曲・阿部武雄）であり、いま一つは昭和二十二年に流行った「夢淡き東京」（詞・サトウハチロー、曲・古《こ》関裕而《せきゆうじ》）の四番――《悩み忘れんと　貧しき人は唄い／せまい露路裏に　夜風はすすり泣く》である。――この二つの歌には、掠《かす》れた口笛が似合う。大川の土堤から吹き下ろす風に背中を押されるように、石ころの多いダラダラ坂を下りていく。行く先は佃島《つくだじま》の露地の奥の、女の家である。そんな夕暮れ、私は決まって口笛を吹いていたものだ。

もう四十年も前、私は三十そこそこで若かったが、生意気に、年齢《とし》の割には疲れていた。

性格のひねくれた寂しい顔の女だったが、どうしても切れられなかった。何かと言っては台所へ走り、赤い柄《え》の果物ナイフを持ち出して、切れ切れに泣いた。その度に私は、芝居と解っていて顔から血が引いた。もう来るまいと思ってまた通ったのは、〈露地〉のせいである。袋小路の行き詰まりに、草臥《くたび》れた銘仙を引きずった女がいると思うと、胸の底に暗い灯《ひ》が点《とも》るのだ。昭和三十年代と言えば、街にはまだ銘仙を着ている女が多かった。彼岸花に夾竹桃に群れ飛ぶ蜻蛉《とんぼ》——銘仙の柄《がら》はいくらもあるだろうに、女は薄《すすき》や蛍や水引草——哀しい色の着物ばかり、選んで着ているようだった。——不機嫌な顔と裏腹に、私の気持ちがそうした哀しい色で慰められていることを、女は知っていたのかもしれない。夜——露地の家で寝ていると、いろんな音が聞こえた。隣りの老夫婦が競って咳き込む声や、明け方になると、決まって始まる角の家の赤ん坊の引き攣《つ》った泣き声にも、もう慣れた。大川を行く小舟の焼玉《やきだま》エンジンの音は、軽快なくせに、いやにスピードがのろい。そのうちに雨が降ってくる。天気予報では言っていなかった。この一帯だけ予報の圏外であるように、雨はほとんど毎晩、露地に降った。入り組んだ露地の地面は、舗装なんかされていない。砂利が半分、泥が半分だから、道行く人の足音は重たげに濡れている。柱時計が十一時を打ってしばらくすると、私の女は夜の勤めから帰ってきた。その時間は、律儀なことに五分と狂うことがなかった。裏戸が軋んで私は女の帰りに気づく。足音を立てない、妙な女だった。

〈陋巷《ろうこう》〉に棲《す》んでいると思うと、気分が落ち着いた。古い言葉だが、それ以外の言い方を私は知らなかった。帰るところがあっての〈陋巷〉なのだから、いい気なものだった。実際、私には普通の日常を送る生活があった。けれど怯懦《きょうだ》な二重の暮らしをしているうちに、いったいどっちが〈帰るところ〉なのか、次第に解らなくなっていた。――露地では〈時間の歩み〉も解り難《にく》かった。発条《ゼンマイ》仕掛けの柱時計は、あってもないようなもので、私と女は長過ぎる夜を持て余しながら、切れることができなかった。いつか――寝呆けた柄の安銘仙も、赤い柄の果物ナイフも、女の長い溜息さえ、私の生活必需品になっていた。私の〈露地〉には、他にも同類の男がいたようだ。年のころは私より十歳ばかり上に見えたが、夏でも冬でもカーキ色の登山帽をかぶって、器用に露地の水溜まりを避けて歩いていた。疎《まば》らに立っている街燈の下にくると、意味もなく、ぼんやり点る明かりを見上げていたが、やはりこの町の住人とは思えなかった。住人でもなく、夜の散歩者でも遊弋者《ゆうよくしゃ》でもなく――

あのころは変な男がいた時代だった。

　唇の薄い女だったが、いま逢って解るかどうか、私には自信がない。匂いがあったとしたら、あれは露地の匂いだった。潮風と、鰯《いわし》を焼く匂いの混じった匂いだった。痩せた首筋のほつれ髪の辺りに、そんな匂いがした。三度に一度ほど、甲高く細い声を上げた。壁の衣紋《えもん》掛けには、秋萩に三日月の銘仙が大きく揺れていた。いっしょに出歩いたことなんか、一度もなかった。何かを買ってやった憶えもない。大抵の夜、女は卓袱台《ちゃぶだい》に家計簿を広げ、私は布団《ふとん》に腹這って煙草を吸っていた。そのまま長い時間が経つ。屋根に雨の気配を聞くと、申し合わせたように上を見て――私は、あの女の何だったのだろう。そのころでさえ、佃島に白魚舟《しらうおぶね》を見かけることは稀にしかなかったが、土地の氏神《うじがみ》の〈住吉様〉に願掛《がんか》けする人たちはたくさんいたようだ。夜の明け方に露地を出る私は、うっすらと流れる靄《もや》の中に、そうした人影をよく見かけたものだ。いったいあの〈露地の女〉には、女らしい〈願い〉などあったのかどうか――年を経て、私はふと考えることがある。そして私は、いまは幻になってしまった〈露地〉が、居ても立ってもいられないくらい、恋しくなるのだ。

駅の別れ

汽車が電車になって、駅の別れがつまらなくなった。いまの若い人には想像してもらうしかないが、昔の汽車は蒸気で走り、そのために石炭を焚いて煙を吐いた。去る人は開閉自由のドアのタラップに立つか、押し上げ式の窓をいっぱいに開けて体を乗り出し、ホームで見送る恋しい人に手を振った。ホームに残る人は、車中の人の目を見つめながら、出ていく汽車に沿って歩き、やがて小走りにホームの端まで走ってそこであきらめる。――汽車は出ていき、煙が残った。

たった一度だけ、駅で女の人と別れたことがある。もう蒸気の汽車は走っていなかったが、数えてみれば四十年も昔の話だ。私はまだ三十になっていなかった。相手は年上の、人の奥さんで、私たちは二人とも目が見えなくなっていた。幾つもの曲がり角を走り抜けて、ふと立ち止まったら、そこは袋小路の突き当たりだった。前の晩、私たちはこれでおしまいという夜を、東京駅の構内の「ステーションホテル」の最上階で過ごした。秋の暮れだったが、部屋の昔風のスチームがいやに暑かったのを憶えている。ベッドの脇の白い漆喰《しっくい》の壁が一ヶ所だけ剝《は》げかけていて、中から赤っぽい煉瓦の地肌が見えて寂しかった。

ドアのノブがカチリと鳴って、私は目を覚ました。始発の列車で京都へ帰る人の忍んだ足音が、朝の静けさの中を遠ざかっていく。こんな時間の東京駅では、まだ誰も起きていない。慌てて服を着て廊下に飛び出した。廊下は駅のホールを遥か目の下に見下ろせるように巡っていて、横長の狭い窓から見ると、ホールを過《よぎ》って改札口へ急ぐ人たちが、お壕端《ほりばた》から流れ込んでくる朝霧に霞んで、誰もが揺れているようだ。冷え冷えとして、幾何学的な俯瞰《ふかん》の構図だった。――年上の女《ひと》の濃い灰色のコートが、ちょうど目の下に現れた。一直線に改札口へ向っていく。呼んでみたって、とても私の声は届かない。それに、あの人はいま、何も考えていない。

床の舗石に凹《へこ》みがあったのかもしれない。ちょっと膝が崩れて、灰色のコートがよろめいた。もともと、煙も吐かない汽車を見送る気はなかったが――それが、私たちの別れだった。

ある余韻

私はしばらくの間、キキが鏡の中で笑ったことの意味を考えていた。女が笑うのにたいした意味なんかありはしないのはわかっていても、その朝のキキの、薄い唇の端っこをちょっと引っ張るような笑いは、キキを知って一年、見た覚えのないものだったから、やはり気にかかってしまう。初夏のくせに風が強い。それも時折思い出したようにやってきて、すぐにいなくなる不思議な風だ。だから南の海に向けて開け放されたホテルの窓の、少し黄ばんだレースのカーテンが、勢いよく部屋の中へ吹き上げられては、映画のスロー・モーションのようにゆっくりと元へ戻る。今日の風はキキに似ていると私は思った。

　キキとどうしてこんな風になったか、たとえばキキと逢った日は日記の隅っこに色鉛筆で小さな丸をつけておくといった意味でなら覚えてはいるが、どうしてとなるとうまく説明できない。だいたい、キキはなぜキキっていうんだろう。二〇年代のモンパルナスで、キスリングやフジタや、写真家のマン・レイに可愛《かわい》がられたという伝説の気まぐれ天使の名前からきているとか、イニシャルのＫ．Ｋがいつの間にかキキになったとか、そんな曖昧《あいまい》な話しか私は知らない。そう、曖昧――いい加減のようだが、それが私とキキが今日までお互いに見せ合ったカードのマークなのだ。だけど私は、それを狡いとも不誠実だとも思わない。だって、男と女のカード・ゲームなんて、自分でも手のうちがわからない滑稽なインディアン・ポーカーみたいなものなのだから――。

　だから一年と少し経《た》って、これでおしまいにしようという今日だって、五十に手のとどきそうな私と、二十七まで遊んできたキキとが、ジタバタするはずがなかった。長いこと借りっ放しだった本を二冊返し、女が持つには大きすぎるからあげるというキー・ホールダーをキキから受け取ったら、それで私たちの間には何もいやなものは残らないことになっていた。たとえギクシャクした何かが、忘れ物みたいに残ったとしたって、そんなものはすぐにやってくる新しい夏の風が気持ちよく吹き飛ばしてくれるだろう。

「ね、キキ。女の意地悪なロマネスクっていうのは、自分と別れたあと、男が身を堕《お》として、見る見る老いさらばえてしまったという噂を聞くことだって何かで読んだことがあるけど、そういうものなのかな？」

キキが奇妙な笑い方をしたのは、私があまり上手じゃないそんな冗談を言ったときだった。それは、その通りよ、と言っているようでもあり、相変わらず得な役をやりたがるのね、と皮肉っているようにも、どっちともとれる笑いに私には見えた。――鏡の前のキキのお化粧は、いつものように短く、あっさりしている。男の子みたいな短い髪を最後にさっとかき上げて、それでおしまいだった。女が、男の見ている前でお化粧を終わったら、もう二人の間ですることなんて何もない。私は、一本残った煙草に火をつける。キキがベッド・カヴァーの乱れをもう一度きれいに整え、それから立って窓を閉める。こんなとき女がきまってすることだ。キキだって特別じゃない。女はみんなそんなものと思ったら、なんだか腹が立って、私は自分で考えてもいなかった悪い冗談をつい口にしてしまった。

「ね、キキ。男の、子供っぽいロマネスクっていうのは、自分と別れたあと、女が嘘みたいにあっけなく死んでくれることだって、知ってるかい?」

こんどは、キキは笑わなかった。私の目をまっすぐに見た。キキにこんな目で見られるのは、はじめてだった。はじめてだったからうろたえかけたら、キキの目からつづけざまに大きな涙がいくつも零《こぼ》れた。そうしてキキは部屋を出て行った。午前のホテルは森閑としていたから、キキの足音はいつまでも聞こえた。いま階段を降り、いまフロントの前を通り、いまドアを押して外へ出た。――約束通りキキは行ってしまった。

私は歳をとった。歳をとりながら何をしていたかというと、ずっとあの日のキキの涙の意味を考えていたような気がする。――キキとのことがあってから、もうかれこれ十年になる。

猫坂

キキが死んでちょうど一年になるので、約束通り大森にある彼女の伯母さんの家を訪ねた。その伯母さんというのは普段はなんでもない電気屋のおかみさんなのだが、実は未来の予知とか、死者との交信とかができる人で、私は生前のキキといっしょに何度か面白半分に伯母さんの話を聞いたことがあり、そのうちにキキほどではなかったが、かなり言うことを信じるようになっていた。ちょっと生意気なようだが、私は五十を過ぎて、この世のことに飽きてしまい、理不尽なことやあまり意味のないことを、それも結構長い時間、聞いたり眺めたりするのを苦にしなくなっていたから、キキの伯母さんが薄闇の中から引っ張りだしてくる埃《ほこり》っぽい禁忌や大げさな因果話を、どちらかと言えばまじめに信じようとしたものだった。キキとの約束というのは、彼女にはもう話す気力も体力も、何よりも時間がないから、自分が死んで一年たったら伯母さんの口からそれを聞いてくれというもので、それがキキが白い病院で死ぬほんの三日前のことだっただけに妙に真実味があり、それから一年の間、ずっと気にかかっていたのだった。

キキが痩《や》せて死んだ日もそうだったが、私が大森へ行った日もよく晴れていた。軽いリュウマチだという足を引きずって伯母さんは私を二階に案内し、自分は南に向いた出窓に腰掛けて、しばらく十一月の青空をぼんやり眺めていたが、やがて申し訳なさそうに、キキが赤坂の猫坂へ来てくれと言っていると私に言った。猫坂のことは、私はよく知っている。乃木坂へ向かう通りの商店街のすぐ裏にあるその坂は、通りとほぼ並行して背後の高台と通じているなだらかな石畳の坂で、昔は聯隊《れんたい》坂とか鱗《うろこ》坂とか呼ばれていたらしいが、いつのころからか、その辺りに百匹をこす猫が棲みつくようになって猫坂になったのである。猫たちはあまり石畳の道にまでは出てこないので、はじめて通った人は気づかないかもしれないが、新月の夜など近道をしようと思って猫坂を下りてくると、暗い草叢《くさむら》のあちこちに金や銀の目が光っていて怖い。通行の邪魔にならない石畳の端に、皿や小鉢や丼がいくつも置いてあり、誰かが朝晩食物を入れて行く。猫たちがそれを食べているのを見かけることはほとんどないが、いつの間にかなくなっていて、なくなるとまた誰かが入れて行く。そんな猫坂へ、なぜキキは来てくれと言うのだろう。

伯母さんにその不思議を訊ねたら、こう教えてくれた。猫坂の猫はみんな牝猫で、それも人間の女の生まれ変わりらしい。この世にし残したり、言い忘れたことのある女たちが、白や黒や斑《ぶち》の猫になってそこに集まる。みんなが知らないだけで、東京にはそういうところが何ヶ所もある。王子の飛鳥山とか等々力渓谷、善福寺の池の南側なんかにもそんな猫たちがたくさん集まっている。キキは猫になった。伯母さんはそう言って少し悲しそうな顔をした。そう言えば私が猫坂で見かけた猫たちは、腰のあたりが変に艶《なまめ》かしかったり、内股だったり、鳴き声も恨みがましかったりしていたのを思い出す。女は、猫に生まれ変わっても女でいなければならないのは大変だなと私は思った。

その日のうちに行けばよかったものを、つまらない仕事があったのと、どうせ猫坂に棲みついているのなら、別の日でもキキに会えるだろうと考えたのがいけなかった。十日ばかりして猫坂に行った夜は、あいにくの小雨で肌寒かった。こんな夜は猫たちも淋しいのか、私が坂を上って行くと、草叢の中や塀の上からみんな首をもたげて私の顔を見る。けれど、見知らぬ顔とわかるとすぐに元の姿勢に戻って穏やかに目を閉じるのだった。「キキ」と私が小声で呼んでみる。石畳から数メートル離れた粘土質の斜面に、元はお稲荷さんだったらしい小さな赤い祠《ほこら》があって、その濡れ縁で振り返ったのが私のキキだった。すぐにわかった。その猫の顔はほとんど人間の顔で、つまり生きていたときのキキの顔をしていたのである。でも耳とか首から下の体とかは虎の斑模様で、言ってみれば顔面の部分だけ穴のあいた縫いぐるみを着ていると思ってくれればいい。あるいは、クノップフが描いたあの〈愛撫〉という絵のスフィンクスを思い出してくれてもいい。スフィンクスのキキは一度長々と伸びをして、それからゆっくりと祠の階段を下りてこっちへやってくる。だるそうに、けれどまっすぐに、キキはいつもそうだった。私の目から突然涙がこぼれた。森の陽炎《かげろう》みたいに揺れてやってくるキキの姿をまた見ることができて、嬉しくなったのである。私は決して誠実ではなかったが、はじめて会ったときから、去年キキが死ぬまで、ずっとキキのことが好きだった。それは、言い訳がましいが、本当だった。

　キキと私とは年が三十近くも離れていたが、私たちの間を知る人たちがキキをかわいそうと見ていたほどには、キキは自分のことをかわいそうとは思っていなかったようだ。男の身勝手な見方だと言われそうだが、そうでない証拠に、キキはあんなによく笑ったではないか。鳩の目が可愛《かわい》いと言っては笑い、茱萸《ぐみ》の実が酸《す》っぱいと顔を顰《しか》めては笑い、私のことをどうしても嫌《きら》いになれないと泣きながら笑ったではないか。三年の間に三度子供ができて、そのうちの一人も生まれてこなかったのは不幸な出来事だったかもしれないが、それはどちらかと言えばキキの考えによるもので、子供は嫌いと口癖のように言うキキの顔はとても本当らしかったし、小柄な少年のようなキキの体つきも、子供を抱いたりするにはおよそ不似合いだと誰もが思っていた。だから、あのままキキが死にさえしなかったら、その先もずっと私たちは十分いい間柄でいられたと思う。

　猫になったキキは、私のそばへ来て行儀よく前足をそろえて坐った。私がしゃがんでも昔みたいに膝に乗ってこようとしない。私は持っていた赤いビニールの傘を開いてキキにさしかけてやった。雨はさっきよりひどくなっていた。私が傘を傾けて空を見上げると、キキも夜空を仰ぎ、私が寒さに体をちぢめると、キキもおなじ仕草をする。あの日が帰ってきたようで、私はまた泣きたくなった。どれくらいの時間、そうやっていただろう。私たちは何もしなかった。肩を抱くことも、目を覗きあうことも、いっしょに眠ることもしないで、私たちはただ一つ傘の中にいた。酒場勤めの女たちが何人か通りかかったけれど、私たちを見て誰も不思議そうな顔をしなかった。私とキキは、その間、落ち着いたひとつの風景になっていたのかもしれない。

　今日の雨の中には、金木犀《きんもくせい》の匂いがまじっている。私とキキは三度引っ越したが、偶然どの部屋の窓にも秋になると金木犀の匂いが流れてきたものだ。そういう夜は、少し寒くても窓を開けたままキキを抱いた。そういう夜のキキの声は、笛のようだった。笛のような声をあげながら、キキはしばらくして自分が猫になることを考えていたのだろうか。それに比べ、私は何にも考えていなかった。キキがやがていなくなることさえ知らないでいた。責められてどうなるものでもないが、やはりそれは不実だったような気がする。だからこそ、キキは今夜ここへ私を呼んだのだろう。でも、猫のキキはそんな素振りも見せず、明るい笑顔で笑っているようだった。私は猫の笑顔というものをはじめて見た。

　いつの間にか雨がやみ、冷たい風もやんで、湿った金木犀の匂いだけが少し残った。キキは結局何も言わなかった。胸の中ではいろんな思いが波立っていたのだが、悪い癖で私があまり感動的な顔をして見せなかったので、その気を失《な》くしたのかもしれない。さっきとおなじように長々と伸びをして、ちょっと私に首をかしげ、くるりと廻って石畳の道をゆっくり帰って行く。猫の動作がすっかり板についている。またここへ来ればいい。そうすればキキに会える。そう思って私が立ち上がったとき、坂の途中でキキが振り返った。私の目をまっすぐに見た。そしていきなり全速で石畳の道を駆け上がった。手を振る暇もなかった。それから後に見たものを、私はいまでも本当のことだと思っていない。あまりに滑稽なことなので信じられないのだ。キキがさっき現れた赤い祠の観音開きが音を立てて開き、そこから三匹の虎の斑の子猫が走りだし、つい今し方雲の間からのぞいた月の光の中、白々と輝く石畳を、キキのあとを追ってあっという間に消えた。本当に、あっという間に消えた。

煮凝

そろそろ煮凝《にこごり》の季節である。子供のころ、鰈《かれい》や鮃《ひらめ》などの煮魚を、一晩台所に置きっぱなしにしておくと、煮汁が凝《こご》ってゼラチン状になり、それが溶《と》けないうちに食べると、冷たい甘辛さがツルンと口の中に滑って気持ちよかった。ぼくの家では煮凝のことを〈ベッコウ〉と呼んでいた。朝の光の中の色や、艶《つや》やかさが、〈鼈甲《べっこう》〉に似ていたからだろう。子供たちに人気があるから、母はいつも一切れ余計に鰈や鮃を買っていたに違いない。夕飯には温かい煮物で出して、わざと一切れだけ凍らせて〈ベッコウ〉にするのである。〈ゆうべのカレーの残り〉とおなじで、朝ご飯の途中に、母が思い出したように一皿持ってくると、子供たちは一斉に手を挙げて喜んだものである。

ところが煮凝というものは、部屋が暖かく、食卓に湯気の上がるご飯や、味噌汁があってはじめて美味《おい》しいものなのだ。壁や板戸の隙間から冷たい風が吹き抜け、その上、火の気のない部屋ではとても食べられない。戦争が終わってすぐの冬がそうだった。そのころぼくたちが住んでいた日本海沿いの市《まち》は、夏の空襲でみごとに焼野原になり、どの家もバラック紛《まが》いの粗末なものだったから、とにかく火の通ったものを食べて、体を暖めるしかなかった。もちろん食糧不足で、一切れ余計に魚を買う余裕はなかったが、それでも偶々《たまたま》〈ベッコウ〉が朝の食卓に出ると、身震いしてみんな敬遠した。それなら〈ベッコウ〉を火にかけて解凍すればいいと思うだろうが、不思議なことにそうはいかないのだ。何だかだらしなく魚の身が弛《ゆる》んで、煮汁も醤油味だけが強くて甘味がない。煮凝は、余裕の食べ物なのだろうか。

女の人で煮凝が大好きという人を、ぼくはあまり知らない。「ああ、あれ美味しいのよね」ぐらいには付き合ってくれても、あまり恋しそうでも、懐かしそうでもない。このごろの若い女の子たちは、ただでさえ単純な焼き物や煮物の魚を喜ばないから、煮凝といっても、知らないのかもしれない。考えてみれば、シャンデリア風の照明器具の下の、洒落たダイニング・テーブルに、鰈の煮凝はどうも似合わない。畳の部屋の卓袱台《ちゃぶだい》に載って、はじめて煮凝は落ち着くのかもしれない。家庭の中で、自然にできたもの——つまり、町のレストランのメニュにない料理は、もう時代遅れということなのだろう。

二十三、四のころ、お茶の水の街で知り合った絵を描く女の人と、秋から春にかけて、いっしょに暮らしたことがある。いっしょに暮らすといっても、ぼくはまだ学生だったから、アパートの部屋代も食費も、みんなジョジョと呼ばれていた年上のその人持ちだった。お茶の水界隈が、〈日本のカルチェ・ラタン〉と言われはじめたころだった。チェホフの芝居に出てくるような、ルパシカにベレー帽の青年や、黒っぽい上っ張りに繻子《しゅす》の中国靴をはいた女の画学生が、昼日中からウロウロしている街だった。ジョジョとは、駅前の「ジロー」というシャンソン喫茶で、いつの間にか親しくなっていた。お茶の水では、ジャズよりもシャンソンの方が流行っていて、イヴ・モンタンやジルベール・ベコーや、女ではイヴェット・ジローやジュリエット・グレコが人気歌手だった。ジョジョは、ユトリロのイミテーションと一目でわかる絵ばかり描いていたが、それでも時には売れることもあったし、神田にたくさんあった出版社に出入りして、雑誌のカット画を描かせてもらったりしていたから、ほどほどの収入があった。けれど、それにしてはずいぶん贅沢《ぜいたく》な暮らしをしていた。本郷三丁目のアパートは、木造ではあったが、洋室が二つあって、奥の一部屋にはいやに大きなベッドがあり、枕元のサイドボードにはそのころにしては珍しい電話まで引いてあった。両親はとっくにいないというのに変だった。変といえば、水曜と土曜の夜は、その部屋へいかない約束をさせられたのも妙だった。ジョジョは当たり前のことのように、ぼくにそう言った。後ろめたい顔なんてしていなかった。ぼくも、何も言わなかった。――知り合って二ケ月、ぼくたちは、一週間のうち五日はいっしょのベッドに眠っていたけれど、一度もしたことがなかったのだ。

　ぼくはジョジョの本当の名前を、最後まで知らなかった。ジョジョと呼ばれる理《わ》由《け》も知らなかった。けれど、ジョジョはお茶の水の街では有名だった。黒いタートルに、枯草色の長いマフラーを頸《くび》に巻いて大股に街をいくジョジョを、みんなは振り返って見た。白系ロシアとの混血児だという噂があったのは、長身で豊かな体つきだった上に、茶色がかった大きな目が、いつも濡れてキラキラ光っていたからだろう。それに、ぼくはジョジョが友だちといっしょのところを、見たことがなかった。いつも独りで、他人の視線をはね返すように、真っすぐに駿河台の石畳を歩いていた。女のくせに、ジャック・ナイフみたいだとぼくは思った。すれ違ったら、切られそうだった。

　そんなジョジョが、どうして痩せて目立たないぼくなんかに声をかけてきたのだろう。「ジロー」の店内が薄暗かったせいだろうか。はじめての日、ジョジョは狭い通路に立ったまま「幾つ？」とぼくに訊ねた。ぼくは珈琲を飲みながら、グレアム・グリーンを読んでいた。ぼくが自分の年齢《とし》を言うと、ジョジョはちょっと笑って立ち去った。――一週間経った雨の夕暮れ、ぼくがぼんやり珈琲を飲んでいたら、雨の匂いといっしょにジョジョが通路を近づいてきて、ぼくの前の席にフワリと坐った。ぼくは何となく頭を下げた。あれから毎日、ぼくは「ジロー」へきて、この前とおなじ席に坐っていた。たぶん、ジョジョを待っていたのだろう。ジョジョが外国煙草に火を点《つ》けて言った。低い声だったが、温かく笑いを含んだ声だった。――「あたしといっしょに暮らさない？」――ぼくはジョジョの傘に入れてもらい、秋の雨の中を走って、お茶の水橋からバスに乗った。

　そのころぼくは、母と二人で埼玉の川口に暮らしていた。本郷の大学までそんなに遠いわけではなかったが、自堕落な学生をやっていると、つい遅くなって帰るのが億劫《おっくう》になったり、明くる日の講義が朝の一時限からあったりすると、本郷辺りに泊まるところがあれば、こんな都合のいい話はなかった。ぼくはその晩から、ジョジョの部屋に転がり込んだ。――ジョジョは平気で、ぼくの見ている前で濡れた服を脱ぎ、水色のネグリジェに着替えて、お風呂を入れに立った。脱いだものを一纏《まと》めに拾い上げるとき、ジョジョの胸がチラッと覗いた。ネグリジェの水色と、翳《かげ》りの中の肌の白さの取り合わせがきれいだった。ジョジョの姿が浴室に消え、さっきまでの雨の匂いのかわりに、うっすらと香水の香りが、部屋に残った。――ジョジョが浴室で「ミラボー橋」をハミングしている。《今日もミラボー橋の下を川は流れ、時は流れ、私はひとり残る……》――ジョジョの白く光る肌を、お湯の珠が伝って落ちるのが、目に見えるようだった。いままでも年上の女《ひと》を知らないわけではなかったが、こんなに大人っぽく落ち着いていて、そのくせどこか投げやりなジョジョみたいな女は、はじめてだった。

　てっきりぼくは、お風呂の後、ぼくたちはするものだと思っていた。けれど、浴室から戻ったジョジョは、そのままベッドへ滑り込み、ぼくの方に背を向けたと思ったら、そのまま軽い寝息を立てはじめた。お休みの一言さえなかった。詰襟の制服を脱ごうとしていたぼくは、呆気《あっけ》にとられた。人生の日々のうちには、こんなこともあるのだろう。ぼくはそう考えながら、降り止まない雨の音を聴いていた。

――奇妙な約束をさせられたのは、明くる朝だった。

　もうそろそろ大学を出なければいけないのに、ぼくは就職活動なんか、ほとんどしていなかったし、夏も終わったというのに、卒論だって一字も書いていなかった。

昭和三十年代なんて、いまと比べれば暢気《のんき》な時代とも言えるが、ちゃんとやっている学生はいくらもいた。ぼくや、ぼくの仲間たちが、ちゃんとしていなかっただけだ。たとえばぼくは——これから春までの半年の間に、何か奇蹟みたいなことが自分の上に起こって、勉強しなくても、働かなくても、あるとき突然、キラキラ眩《まぶ》しい日々がやってくるのではないかと、根拠もなく夢想したりしていた。そのころ神保町界隈でよく観たフランス映画の中には、そんな春の奇蹟がいくつもあったように思う。「ぼくの伯父さん」「アンリエットの巴里祭」——夢と怠惰は、隣り合わせに棲《す》んでいる。

　ほぼおなじころ、駿河台からお茶の水辺りで、溜息ばかりついていた阿久悠は、後にこの時代を「お茶の水えれじい」（歌・井上順）でこんな風に歌っている。

棄て猫抱いたマドンナが
下宿の窓をノックして
今夜泊めてよ　お願いよ
猫と私を眠らせて

きみには熱い珈琲を
猫にはミルクあてがって
窓をあければ　お茶の水
赤い電車が走ってた

ジョジョはマドンナと呼ぶには少し無口過ぎたし、呼び名の割に大人びていた。洋服箪笥の中は、暗い色のシャツや、くるぶしまでありそうな黒や灰色の長いコートばかりで、柄の入ったものは一枚だってなかった。半年の縁の欲目もあって、ジョジョと別れた後、街でジュリエット・グレコの憂い顔のポスターを見かける度に、ぼくはジョジョのことを思い出したものだ。――はじめてジョジョの部屋に泊まった夜、ぼくたちは何もしなかった。そうしなかった理由《わけ》は、ぼくの方にも別になかったし、ジョジョにしたって、何か考えがあってのことではなかったと思う。たぶん――汗をかくのに似合わない夜だったのだろう。だから、明くる日のもう昼近く、トーストにロシアン・ティという、ぼくなんかにはあまり馴染みのない朝食のテーブルで、ジョジョが言ったことも、ぼくはさほど気に留めなかった。つまり、ぼくは水曜と土曜の夜は、ジョジョの部屋にいてはいけないということなのだが、それについてぼくの胸がザワザワ騒いだり、落ち着きをなくしたりすることはなかった。だいたいぼくたちは、まだ何もしていなかった。それに、街の画学生にしては裕福なジョジョの暮らしぶりを見れば、いくらかの見当はつこうというものだ。

　だから、ぼくはジョジョの部屋に自分のものを置かなかった。せいぜい、二、三冊の本ぐらいだった。水曜と土曜の朝、ぼくは大きめのボストン・バッグに身につけるものを入れてジョジョのアパートを出る。そして木曜と日曜の夜、またそれを抱えて部屋へ戻る。それはそれで、ちょっと変な気分で楽しかった。ぼくは、そうした自分の毎日を、それほど不健康だとは思っていなかった。たしかに怠惰ではあったが、怯懦《きょうだ》というほど重く濁った気持ちではなかった。ぼくはどうしたって無頼にはなれなかったし、屈折という言葉だって知らなかった。若いということは、恐いことだ。どこかの〈大人の愛人〉と、こっそり親しくなるなんて、そしておなじベッドでおなじことをするなんて——若くなければ、できないことだ。

　岡山の短大を出て上京したことは知っていたが、郷里のことや家族のことをジョジョの口から聞いたことはない。別に不幸そうにも見えなかったが、そうした縁が薄そうなジョジョだった。ぼくたちの間では、お互い取り繕《つくろ》うということがなかったから、ジョジョの気まぐれや、投げやりな振る舞いを、ぼくは何度も目にしたことがある。ぼくがお腹を空《す》かしているのを知っていて、何の気遣いもしないことなんかしょっちゅうだったけど、気分によっては、自分の嫌いな魚の煮物を、ぼくの分だけ作ってくれることもあった。海沿いの町や村に暮らしていたくせに、魚の顔を見るのも嫌《いや》という女の人がときどきいるが、あれはどうしてなのだろう。もっとも、ジュリエット・グレコが鰈の煮凝を食べていたのでは、あまり絵にならなかったろう。ユトリロやモジリアニも〈日本のカルチェ・ラタン〉の流行りだった。ジョジョの描くユトリロ風の風景画も、縦の構図の、街の絵が多かった。部屋の隅に重ねて立てかけてあるキャンバスには、くすんだ色のニコライ堂の絵が、頼りなげにいくつもあったのを思い出す。曇り日の正午《まひる》のベッドで、ぼくたちは何度ニコライ堂の鐘を聞きながら、お互いの裸に触れ合ったことだろう。

いまになって不思議でならないのだが、昭和三十年代のあのころの街には、どうして〈物語〉があんなにあったのだろう。誰も知らないアパートの角の部屋や、ニコライ堂の裏の露地に、若い〈物語〉が、空《から》のビール壜《びん》みたいにいくつも転がっていた。――「今夜でおしまいよ」と突然ジョジョに言われて、ぼくはぼくたちの終わりを知った。画商まがいのことをやっていたジョジョの〈大人〉が、事業に失敗してこの部屋へ越してくるのだという。他人《ひと》ごとみたいに話すジョジョの顔が笑っているのを見て、ぼくは少し涙が出た。窓の外には、冷たそうな夜の雨が降っていた。予備校のころも入れて、六年もの〈ぼくのお茶の水時代〉は終わったらしい。明日からぼくは、卒論を書き、就職先を探すだろう。

その夜から朝にかけて、ぼくたちは三度もした。そんなことは、いままでないことだった。——朝、テーブルにロシアン・ティのカップと並んで、鰈の煮物の皿があった。明け方の冷え込みで、せっかく自然にできた煮凝を、何も知らないジョジョは、わざわざ火にかけて温めたらしい。半端に溶けた、熱いような、冷たいようなゼラチンを飲み込みながら、ぼくはゆうべのジョジョの、いまにも溶けそうな体を思い出していた。

確かな愛があげられず
ただ傷つけてしまったと
君を想えばお茶の水
雨とシャンソン　よく似合う

小さい愛がちらばって

大きい愛がこわされた
そんな時代のお茶の水

女の名前に夢を見る

はじめて女の人に会って、たとえば名刺をもらってあんまり素敵な名前なので、あらためてその人の顔を見直してしまうということがこのごろよくある。なるほどと納得することもあれば、ちょっと名前負けしてるかなというケースもある。でも、しばらく話しているうちに、ちょっとした仕草とか小さな笑い声とかが意外に可愛《かわい》くて、いつの間にか名前とごく自然にシンクロしていることもよくある。どんな平凡な名前でも、あるいはどんな奇矯な名前でも、永年その人と連れ添っているうちに、顔や姿や物腰にまるでお気に入りの衣裳のように慣れ親しみ、やわらかにフィットして来るから不思議である。

最近知った女の人の名で感心したのは〈二宮信乃〉、「里見八犬伝」では〈しの〉と読むが、この人の場合は〈しのぶ〉だそうである。漢字の並びに品があり、書いて美しく、その上、口にしたとき女らしい優しさと控えめな艶《つや》っぽい響きがある。出版関係の人だが勿論ペンネームではなく親に貰った本名である。もっとも、姓の方はお嫁に行った先のものだそうだが、それにしてもよくできている。最初に電話を貰《もら》ったときの声がまずつつましくもいろっぽく、あくる日会ってみたら姿かたちからお辞儀のしかた、髪形にスウェーターの色まで〈二宮信乃〉なのには驚いてしまった。頼まれた原稿の話はそこそこにして、名前のことばかり訊くので怪訝《けげん》な顔をされてしまったが、それくらい微笑ましく素敵な人で、なんだか人生嬉しくなってしまった。

　私にかぎらず、男には女の名前への可憐と言ってもいいくらいのロマンティシズムがある。かねてから好きだと思っていた名の女の人に出会って、その感動のあまり後先《あとさき》ろくに考えもせず恋してしまうなんて、よくある話なのである。人間なんて、勝手に先にイメージしてしまったら結構そんな風にも見えてくるもので、実はそのとき名前と実体との間に相当の距離があっても、好きだと思えば嫌なところは目に入らないし、好かれていると嬉しくなれば相手の方だってイメージされている方向に変ったりもする。〈信子〉が猜疑心の塊だったり、〈淑恵〉や〈倫子〉が淫乱だったらやはり具合が悪かろうというものである。私の場合は、ロマンティシズムと言うよりはセンチメンタリズムと言った方が良いくらいで、それも多分に日本的でなおかつ古めの名前が好きである。〈お葉〉とか〈お菊〉〈お涼〉とかがベストスリーであろうか。〈お葉〉は竹久夢二が愛した肩と首すじがいまにも溶けそうに細い女で、そのくせ無邪気に淫らで夢二を悩ませた。〈お菊〉は昔から秘かに歌い継がれている禁歌「兄妹心中《けいまいしんじゅう》」のヒロインである。「兄は十郎で妹はお菊、お菊十七あにさははたち」この歌の文句は幾種類もあり、舞台も京都・西陣町だったり大阪だったり、あるいは紀州や金沢のものもある。中上健次の「枯木灘」に出てくる兄妹は〈モンテン〉と〈オキヨ〉であるが、いずれにしても兄が妹に道ならぬ恋をし、妹もそれに同情して心中してしまうという筋に変りはない。「お菊痛かろ兄さは良かろ、お菊泣くなら兄さも涙」などというけしからん文句が中にいくつもあるので、勿論放送禁止歌である。ただ、あまりに哀切なメロディなのでこれに別の歌詞をつけて森進一が歌ったのが「くちべに怨歌」だから、節だけは知っているという人はいるだろう。

　好きな名前の女の人にそううまく出会えるわけもないから、ドラマの中の人物の名にしてしまう、というのが私のロマンティシズムが考えたうまい方法だった。〈お菊〉は昭和五十年に放送した「時間ですよ・昭和元年」というドラマの中の足抜け女郎の名につけた。凶状持ちのやくざ者とのコンビで、男の方の名は言わずもがなの〈十郎〉である。〈お菊〉と呼ぶのも切なくて良いが、〈菊ちゃん〉も可愛いし哀しい響きがあって良い。そこで今年のお正月、向田邦子の「男どき女どき」の田中裕子の役は〈菊子〉になった。その妹の役名は菊に対して〈桃子〉である。舞台になった昭和十五年ごろ、なんとなくそんな姉妹がいたように思えて来るから不思議である。この向田邦子シリーズは今年で三年連続、田中裕子でやっているが、昨年の「麗子の足」では〈礼子〉、その前の年の「女の人差指」では、これまた平凡に〈文子〉という名であった。共に、当時クラスにかならず一人はいた名前だった。少し脇道にそれるが、このシリーズのシナリオを書いているのが寺内小春さんという女流作家で、私はこの人の名前が大好きである。白い踏み石や植込みのある庭の向こうに庫裏《くり》の障子が光って見えて、やわらかな午後の陽射しが木々の枝の影を砂地に投げかけ、なんだか眠くなってきそうな情景である。ところが本人は昔から、小母さんみたいで自分の名前が嫌いでしょうがなかったと言う。そう言えば、井上陽水の歌に「小春おばさん」というのがあったし、「王将」には〈愚痴も言わずに女房の小春〉が出てくるが、どっちも素敵な女ではないか。ぜいたくなことを言っている。

〈お涼さん〉という役名を篠ヒロ子につけて早いものでもう十五年近くになるという。この名前は私の取っておきの名前だった。いつか薄幸のヒロインの名に、と思いつづけていたのだが、こんな古風な名前、そう誰にでもつけられるものではない。着物につつんだ細い体を静かに蝕《むしば》んで行く宿命の病、明日の行方が見えないからつい無口になって行く女、場面は完璧である。そこで藤竜也の〈風間〉の熱い眼差しに迎えられて〈お涼さん〉の登場ということになる。お涼さんが無口だったのは、実はそのころの篠ヒロ子に台詞《せりふ》を言わせるのが心配だったからなのだが、この寡黙な二人というのが当たった。汚い居酒屋のカウンターをはさんで見交わす目と目、そこら中おしゃべりドラマばかりの中で沈黙は金だったのである。ちなみに〈風間〉という男の名の方は、東映やくざ路線「唐獅子牡丹」の池部良の持役〈風間重吉〉からいただいたものである。

　女の名前には夢がある。少年のころにはその年に似合った名に憧れ、中年になったらなったで、それなりの夢を見る。麻耶とか朱美とか、ネオンの街の源氏名みたいなのに熱中していたのは十代のころだった。そのころはコケティッシュで心ときめいたのだろうが、いまでは幼稚園の名簿を開けばそこら中にころがっている。いまでは名簿で〈子〉の字を探すのに苦労する。早百合、奈緒、麗美、梨花、美樹、春花、幼稚園の庭は百花繚乱である。そんな風潮への反動もあって、このごろでは簡単で字画があまり混みいっていなくて、ちょっとだけひねってあって可愛い名、というのがいいと思っている。いま凝《こ》っているのは〈祝子〉という名前である。誰にでも読める。〈シュクコ〉である。実在する〈祝ちゃん〉は平々凡々な苗字の家に生まれたが自分の名前がやはりお気に召さず、よくある苗字のところへお嫁に行こうと女心にしっかり決めていたところが、好きになったのが岩手県の〈正一〉［ショウイチ］という妙な姓のエンジニアで、悲しい話の結末は〈正一祝子〉なる不思議不思議な名前になってしまったのである。しかし、たとえどんな苗字にせよ、〈祝子〉はなんとも姿勢正しく毅然としていて、それでいてどこかおめでたくて可愛らしく、幸せにならなければおかしい良い名前である。来年のお正月の田中裕子の役名は〈祝子〉にしようと思っている。

　日の丸の旗が、まだ家々の軒に似合っていたあのころ、火鉢の炭火にかじかんだ手をかざすと、次第に手のひらがうすく紅く染まって行ったあの時代、そんな風景の中に、まっすぐに背筋を伸ばし初日をその顔いっぱいに受けた〈祝子〉という昭和の女を立たせてみたいのである。

都々逸な女たち

都々《どど》逸《いつ》の文句を聴いていると、日本の〈言葉〉が懐かしくて、恋しくて、人目も憚《はばか》らず抱き締めたくなる。小唄とか端唄《はうた》とか、都々逸を聞かなくなって久しいが、昭和三十年代の中頃までは、横丁からもう一つ露地を入った奥に、打ち水をした黒塀の粋な家があって、格子戸越しに、三味線の音に乗って《たんと売れても売れない日でも／同じ機嫌の風車》などと、渋い声が聞こえてきたものである。

《人に言えない仏《ほとけ》があって／秋の彼岸の回り道》――どの言葉が粋《いき》なわけでも、どのフレーズがユニークなわけでもない。けれど、ごく普通の言葉が素直に連なって、こうして〈七・七・七・五〉の都々逸の文句になってみると、この種の切ない情感は、日本語でしか言い表わせないことがよく解る。――家族といっしょに、お彼岸の墓参りにきて、昔、理由《わけ》ありだった女の墓が近くにあったのを、ふと思い出す。若い身空で死んだ可愛い女だった。「ちょっと先に行っておくれ」――男は小走りに秋草の道を、女の墓へ急ぐ。

《九尺二間《きゆうしやくにけん》に過ぎたるものは／紅《べに》の付いたる火吹き竹》――間口九尺、奥行二間は、昔の長屋のレギュラーサイズだった。好いて好かれて所帯を持って、初めて二人で暮らす長屋の土間に、火吹き竹が一本、竈《かまど》の前に転がっている。口を当てる竹の先が、うっすらと赤いのは紅《べに》の痕のようだ。まだ娘みたいに見える恋女房の火吹き竹である。いまの若い人は知らないが、戦争前はこうした竹の筒を使って竈の火を熾《おこ》した。

《白鷺《しらさぎ》は／小首かしげて二の足踏んで／やつれ姿を水鏡》――白鷺みたいに純で綺麗な女が、昔はいたのだろう。

《あの人の／どこがいいかと訊《たず》ねる人に／どこが悪いと問い返す》――こうした気っ風《ぷ》がよくて意地っ張りな女も、当節はめっきり少なくなった。――溜息が出るような粋な都々逸はいくらもあるが、中には《あまりしたいので／墓場でしたら／仏ばかりで神（紙）がない》といった猥褻なものもある。

日本の言葉には、色があって香りがあって温度がある。余韻があるし、豊かなニュアンスもあり、目で見て美しく、耳で聞いて快い。だからこんなに可愛く切ない都々逸が生れるのだ。お座敷で芸者が唄うことが多かったから、都々逸の主人公は大抵が女だった。――男の目の裏には、いつだって俯《うつむ》いた〈都々逸な女たち〉が棲《す》んでいる。

　私たちが子供のころは、身の周りに〈いい言葉〉がたくさんあった。――〈時分《じぶん》どき〉〈じれったい〉〈息災《そくさい》〉〈気働《きばたら》き〉〈依怙地《いこじ》〉〈冥利《みょうり》が悪い〉〈宗旨《しゅうし》がえ〉〈堪《こら》え性《しょう》〉などは、私の母親の常用語だった。母は〈我慢〉のことを〈辛抱〉と言い、〈社会〉を〈世の中〉、〈計画〉を〈目論見《もくろみ》〉と言った。意味は同じでもニュアンスが違った。私はよく母親に叱られたが、言っている意味はよく解った。母の言葉には日本の母の〈気持ち〉が籠もっていたのだろう。

　古い昔がいいと言っているのではない。いい言葉はいいと言っているのだ。そういう言葉を小粋に使う男や女が、久保田万太郎や川口松太郎の小説や芝居には、大勢出てくる。小さな人情話の中に、馬鹿な男や、愚かな女たちが、こっそり溜息を洩らしている。彼らはみんな、間が抜けていても愛嬌があって、そのくせどこか思い詰めていた。何度痛い目に遭《あ》っても、男に懲りない女が、日暮れの道で躓《つまず》いている。膝をさすって唇嚙《か》んで――それが〈都々逸な女たち〉である。

「化粧」

先ごろから、ある週刊誌に「死のある風景」というタイトルで八百字ぐらいのエッセイを書いている。縁起が悪い題のようだが、別に暗い話ばかり書こうというのではない。たとえば、井伏鱒二さんの《花ニ嵐ノタトヘモアルゾ。サヨナラダケガ人生ダ》の話だとか、尾崎紅葉が死の床で、痛みのあまり門下生にモルヒネをどんどん射《う》てと言って暴れた話だとか——なるべく可笑《おか》しく書いてみたいと思っているのだが、このテーマをとり上げる動機というか、きっかけというか——それは川端康成の「掌《てのひら》の小説」だった。

掌篇《しょうへん》小説という言い方が昔からある。掌に載るくらいの、ほんの小さな小説ということだが、短いだけに却《かえ》って研《と》ぎすまされた感じ方と、練りに練られた文章が備わっていなくてはならない。長さに決まりはないが、だいたい四百字詰めにして七、八枚から十四、五枚だろうか。いわゆる短篇よりもさらに短いわけである。川端康成という人は掌篇の名人だった。ほかに思い当るとすれば、太宰治ぐらいだろうか。

しかし、太宰の場合はジャンルとしての拘《こだわ》りはなく、たまたまそうした短い小説があるというだけだが、川端康成は、はじめから意図的に極端に短く書こうとしているのだ。「掌の小説」には、作者が二十代だった大正の末期に書かれたものから、昭和三十年代の作品群に至るまでの、百十一篇が収められているが、何度かの中断はあったにしても、実に四十年にわたって書きつづけられたということは、作者がどんなにこのスタイルに執着していたかを物語っている。

　去年あたり、私は何となく「掌の小説」を拾い読みすることがあった。寝る前に布《ふ》団《とん》の中に持ち込んで、一つか二つ読むのである。そういうことが半年ばかりつづいて、ある夜ふと私は、これらの作品群にある共通した匂いがあるのに気がついた。それは、うっすらと漂う〈死の匂い〉だった。もちろん中には〈死〉の欠片《かけら》も見当たらない明るい話もあるし、反対に全篇の冒頭にある「骨拾《こつひろ》い」のような祖父の死をそのまま扱っているものもあるのだが、その厖大《ぼうだい》な作品を繋《つな》ぎ合わせている細くて赤い糸が〈死の匂い〉なのだ。あるいは目を覆った〈死の翳《かげ》〉なのである。これらの作品の半分ぐらいは、作者が二十代のころに書かれたという。きっとこの人は、そんな若いときから、あの鳥のような目をしていたに違いない。あの目で、死者を見るように、この世の男や女を見ていたのだ。——だから、「掌の小説」をもし言い換えるなら、これは「死のある風景」なのだ。

　この作者が、昭和七年に書いた「化粧」という一篇がある。五枚ぐらいだろうか。「掌の小説」の中でも際立って短い。――作者である〈私〉はそのころ谷中《やなか》に住んでいて、その家の厠《かわや》がちょうど谷中斎場の厠と向かい合っていた。二つの厠の間には、ちょっとした空地があって、葬儀が終わるとそこに供花《くげ》や花環が棄《す》てられる。〈私〉はその窓から、桔梗《ききょう》や白菊の葬い花が次第に色褪《いろあ》せ、やがて萎《しお》れて腐っていくのを、厠へ通う度に目にしなくてはならない。ところが、花だけではなく、〈私〉の目は斎場の厠へやってくる喪服の女たちも見なくてはならないのだ。彼女たちは、自分がいま誰かに見られているなどとは夢にも思っていないから、用を足してから厠の鏡の前に立って化粧を直す。その姿と表情があからさまなのである。たった今し方まで涙で濡れていた目をいっぱいに開け、血が滲《にじ》むほどに噛《か》んでいた唇に赤々と紅を引く。それを密かに見て〈私〉は、《屍《しかばね》を舐《な》める血の脣《くちびる》を見たように、ぎょっと身を縮める》のだった。

　そういう若い女ばかり見かける日がつづいたある日、秋の一日、私はゆくりなくも清楚《せいそ》な十七、八の少女を見かける。その子は厠の壁に凭《もた》れ、白いハンカチで拭《ぬぐ》っても拭っても溢れ出る涙に身を震わせ、声を忍んでしゃくり上げていた。この子はここに化粧しにきたのではなく、隠れて泣きにきたのだ。〈私〉はそれまで抱いていた女たちへの悪意を忘れ、少女の純真さに救われた思いがする。――ところが、《その時、全く思いがけなく、彼女は小さい鏡を持ち出し、鏡ににいっと一つ笑うと、ひらりと厠を出て行ってしまった。私は水を浴びたような驚きで、危く叫び出すところだった》。

　ここで川端康成の文章の行間から、死の匂いが突然ゆらめき出る。辺りに腐った花と、桃色に焼き上がった骨の匂いが立ち籠《こめ》る。その匂いの中で、少女は何と若く、何と美しいことだろう。不幸の匂いの中でこそ、人は自分の幸福に酔うことができるのかもしれない。昨日の女たちとおなじように、その少女の瞳には悪意があったとも、あるいは美しい少女というものはそういうものだとも、作者は言っていない。危く叫びそうになったとは言っても、それが肯定とも否定ともわからない。川端康成は、「化粧」の短い文章を、次のように結んでいる。

《私には謎の笑いである》。

＊「化粧」は、新潮文庫『掌の小説』に収録されています。

おでん

　おでんの季節である。コンビニでも、いまの季節がいちばんおでんが売れるという。おでんが咽喉《のど》をつるりと通って、寒さをあらためて確かめ、芥子《からし》の辛《から》さが鼻にツンときて、身が引き締まる。だからおでんは戸外の屋台がいい。吐く息の白さと、おでんの湯気が空中で交じり合った曖昧《あいまい》な温度の中に、やがてやってくる春が想《おも》われる。二、三年前の正月に放送した向田さんの「あ・うん」にも、男二人のそんなシーンがあった。友だちに二人目の子供ができたと知って、子のない男の方が、もし生れた赤ん坊がまた女の子だったら俺にくれと言うのである。実はこの男、一言も口にはしないが、友だちの女房に惚れている。惚れた女が生んだ子をもらって育てたい――考えてみればかなり際どい話だが、純と言えば、そうともとれる。いずれにしても、向田さんらしいちょっと色っぽい話ではある。

　そうした男二人の会話が、屋台のおでんを肴に、熱燗を酌み交わしながら延々とつづくのだが、それがちっとも飽きない。女はそこにいないのに、いかにも二人の間に、ぼんやり霞《かす》んで坐っているようなのだ。こういうシーンは、女の姿がないからこそ色っぽい。時代が昭和十年というのも、桜色の色気がそこはかとなく漂っているようで、春を待つ心に色を添える。向田さんという人は、男を書かせた方が色っぽい人だった。——ぼくは昔からロケ嫌いで通っているが、このシーンばかりはあちこちロケハンを重ねて、神奈川県藤沢の御霊《みたま》神社というところで、一晩かかって撮影した。境内の屋台で飲んでいる二人の男の背景に、〈あ・うん〉の狛犬《こまいぬ》が二頭、夜霧に溶《と》けるように滲《にじ》んで見えるのである。いつかどこかで、こんな風景を見たことがある——そう思いながら、ぼくは年の暮れのおでんの湯気を、ぼんやり眺めていた。

人情のほろびしおでん煮えにけり　万太郎

話はまるで違うが、たぶんおなじような季節、おなじような屋台のおでん屋で、辛《つら》い時間を過ごしたことがある。もう四十年近くも昔のことだが、ふとしたことで、ある人の奥さんと困ったことになり、入り口に戻ることもできず、出口も見当たらないという日々が果てしなくつづいていて、ぼくたちは疲れきっていた。何から逃れるのか、それさえわからないのに、北海道へでも手を繋《つな》いで逃げようかと、真剣に思いつめたこともあった。どうしてそのとき、外国を想わなかったのか、いま考えると不思議な気もするが、そんな遠くまでとてもいく気力がなかったのか、それとも戻ってくる算段がつき易い方が安心できたのか——ぼくの目の裏には、どうしても薄青い北の空ばかりが浮かぶのだった。

　きれいな人だった。キラキラ炯《ひか》って、夜明けが似合った。その一年の間、ぼくは目が眩《くら》んでいた。

　その人のご主人とは、それほど懇意ということはなかったが、顔を合わせればフランスの古典小説の話、北欧の伝承神話の話などを親しくできる仲ではあった。思慮深く落ち着いた声で、相手の顔を見ながらゆっくり話す人だった。その人も、ぼくも、奥さんより年下だった。ぼくは十歳も下だった。それでも、ぼくがいてあげないと、気が変になるか、淡雪みたいに見る間に溶けてしまうか——そんな狂熱と心許《こころもと》なさを併せ持っている人だったから、逢ったら逢ったで怖かったし、逢わない日がつづくと居ても立ってもいられなくなるという——つまり、三十そこそこのぼくには、茫然と立ち尽くすしかなかったというのが、本当のところだったのだろう。だから、ご主人から電話で会いたいと言われたとき、ぼくには困惑なんか少しもなかった。普通ならどんなことがあっても避けたいケースである。けれど、ぼくはホッとした。救われた気持ちさえ、そのときあった。他の誰にも言えないことだったが、この人にだけは心の中を曝《さら》すことができそうだった。ご主人の気持ちは、わからない。ただ、会いたいという電話の声は、真面目すぎるくらい真面目で硬かった。ラクロの〈危険な関係〉を楽しもうなどという気配は、どこにもなかった。この人も疲れていると思って、ぼくは妙な安堵を覚えた。

　別に目立つまいというつもりはなかったが、その日の夕方、ぼくたちは私鉄の沿線のある駅で落ち合い、そこから商店街を抜け、どこへという当てもなく、黙って歩いた。道すがらこれという店があったら、何気ないふりをして入ったのだろうが、寿司屋も焼鳥屋も、その日のぼくたちを自然に迎えてくれそうになかった。確かに、ぼくたちは変な二人だった。人の奥さんと後戻りできなくなっている男と、それを承知で穏やかで静かな日を送っている男と——お互い会って、何を話そうというのだろう。黙っていることが、話していることのようだった。つまり、ぼくたちは寒く、辛かった。世間は年の暮れで、商店街の大売出しの提灯《ちょうちん》が、木枯らしに狂ったように踊っていた。——店々が途切れると、狭い汚れた川に突き当たり、痩《や》せた柳の木の下に、赤提灯のおでんの屋台が店を出していた。湯気が恋しかった。ぼくたちが口開《くちあ》けの客らしく、おでん屋の親爺は上機嫌でよく喋った。二人ともお酒が飲めなかったが、嫌な顔などしなかった。ぼくたちは運がよかったのかもしれない。

ぼくたちは、ひたすらおでんを食べた。ぼくは、それまでおでんの鍋のハンペンというものを食べたことがなかったのに、そのハンペンまで食べた。隣りの丸椅子で食べているご主人は、鼻の頭に汗を浮かべている。——そうして長い時間が経った。

「とにかく、一度、会ってやってくれませんか」

湯気の中で、ご主人が竹輪を噛みながら言った。目は、ぼくを見ていなかった。

「はい、いずれ——」

たぶん、ぼくはそう言った。ガンモドキが熱くて、いずれ——の後がつづかなかった。

結局、その夜ぼくたちが交わした言葉は、それだけだった。それ以外の長い、長い時間——ぼくたちは、それぞれ、おでん屋の親爺の肩越しに見える冬の夜空に、一人の女の人のキラキラ炯る目を見ていたのだろう。まだ春は遠かった。けれど、しばらく俯《うつむ》いて、やがて春がくれば、ぼくたちは、きっといまよりも温かい呼吸ができるようになるだろう。

目になみだうかめし春の佛かな　　万太郎

それから三十年以上経って、ぼくは還暦を過ぎた。この歳になって、ふと心波立つことがあると久保田万太郎を思い出す。折に触れて、昔の辛い気持ちが蘇ると、万太郎の句が胸を過《よぎ》る。若かったころには聞き過ごしていた万太郎の未練がましい呟《つぶや》きが、柱時計が時を刻む音のように、いつまでも耳に残るようになった。けれど不思議なもので、そうした老いの音が身近になればなるほど、女の人の淡い微笑みや、濃い唇の色が、これでもかこれでもかと、夜明けのウツラトロリの夢に、色鮮やかな蝶になって現れ、ぼくの上に淫らに舞い狂うのである。

種彦の死んでこのかた猫の恋　　万太郎

独楽ふたつ——向田邦子の恋と死

一つの独楽

独楽の話をしようと思う。

書斎といえるほどのものではないが、私の部屋の、机の前の窓には、四尺くらいの古い簾《すだれ》が掛かっている。もちろん午後の日を遮るためのものだが、空の色が刷毛《はけ》で刷いたような薄青になって夏の気配がやってくると、簾を透した日差しが少し古びた茜を帯び、光に匂いなんかあるはずがないのに、何やらもの哀しげな匂いが辺りに漂いはじめる。——簾一枚の不思議である。昔なら、どこの家の縁先にも揺れ、台所の湯気に煙っていた安簾が、いまは私たちに夕暮れの幻を見せてくれる。

目の裏に独楽が回っている。——ぼんやりした色の輪の回転が、だんだんはっきりと像を結びはじめ、やがてそれは、昭和の十年代の、家の門の前の砂利《じゃり》道や、つつましい庭の踏石の上や、雨の日には、黒褐色に磨きこまれた廊下で回っていた、子供のころの独楽であることがわかる。男の子なら鉄製のベイ独楽、女の子は絵具を塗った木の独楽——独楽はあのころの私たちにとって、積木やメンコや〈講談社の絵本〉とおなじくらい、ごく身近な玩具だった。

幻の独楽は回る。——耳を澄ますと、シュルシュルと身悶えしながら走っているような音が聞こえる。ちょっとよろけて、また立直る健気な横顔も見える。子供たちはどうして、いつかは力尽きて倒れる独楽が好きなのだろう。もしかしたら、あの日の私たちは、頼りなげによろめき、細かく体を震わせ立ち尽くし、そして静かに倒れる独楽の末期《まつご》の姿を確かめて納得するために、独楽を回していたのかもしれない。男の子や女の子の顔が、何の屈託もなく、無邪気なだけに、これはとても怖いことのように、私には思われる。

北原白秋に『白金之《はっきんの》独楽《こま》』という、俗謡、童謡めいた片仮名書きの詩集がある。その中の「ビイル樽」と題された小篇を私はふと思い出す。——《コロガセ、コロガセ、ビイル樽／赤イ夕日ノナダラ坂／トメテモトマラヌモノナラバ／コロガセ、コロガセ、ビイル樽》——これには確かメロディがついていたと、生前の向田邦子さんから聞いたことがある。「歌ッタコトガアルンデスカ？」「ナイケド、油面《あぶらめん》ニ住ンデイタコロ、近所ノ子ガ歌ッテイタワ」「ドンナめろでい？」「忘レタワ。デモ何ダカあなーきーダッタ」――油面といえば、目黒である。そこに住んでいたころといえば、向田さんが六、七歳のころである。――回って回ってやがて倒れる独楽と、ゴロゴロ転がって赤い坂道の果てに消えていくビイル樽と――二つはよく似ていると、私は思った。

　そんなことを思い出していたら、私の瞼《まぶた》の裏に回っていた女の子の独楽の顔が、突然、向田さんそっくりになってきた。うっすらした紅色と、ぼんやりした水色と、朝露に濡れたレモン色の三色の輪が、幾層にも重ねて描かれたその独楽は、二十年前の向田さんみたいに、長めのスカートを翻《ひるがえ》しながら、クルクル回って夕日のなだら坂を下っていく。――向田さんは独楽だった。いまになって、ようやく私は思い当った。落ち着きのない慌ただしさも、それでいてのんびり世間を見回している暢《のん》気《き》さも、さすがに疲れて、一息つこうとしてまた回りだす哀しさも――向田さんは独楽だった。

　つい先ごろ、向田さんの〈遺書〉ともいえる覚え書きが、下の妹の和子さんによって世に出たが、これだって、そう思って読めば〈独楽の遺書〉である。独楽はいつだって回っているのだから、視界も回ってちっとも定まらない。目が回っているから、たとえば預金の額も自分で思い込んでいるだけでいい加減だし、著作権のことなんかまるで知らないから、勝手に和子さんを継承者に指定したりしている。だいたい、印鑑も捺《お》していない遺書は、実際にはほんのいたずら書きとおなじで、法的効力など、素人が読んだってどこにもない。それがあまりにそそっかしく、可愛《かわ》いくも可笑《おか》しいので、和子さんは却《かえ》って胸が痛くなった。振り返ったら、すぐ後ろにお姉さんが笑って立っているように思われたのだろう。——《第一マンションは、保雄さんに贈ります。ただし、（これが問題ですが、）しかるべき人をみつけて、（女性に限る）一緒に暮し、猫の世話をしてくれることが条件です。（中略）バカバカしいとお思いでしょうが、十六年も一緒に暮したのです。生きものですから、あまりさびしい思いをさせないで、命を全うさせてやりたい。……》——和子さんは、笑って泣いた。

　私もその覚え書きを見せてもらったが、昔、私たちが見慣れたドラマの脚本とおなじ、書き殴りの、訂正だらけの文章だった。判じ物みたいな文字が飛び跳ね、旧漢字と新漢字が入り乱れ、たった四枚の原稿用紙に、一目でわかる矛盾がいくつもあった。こんなそそっかしい〈遺書〉は見たことがない。文中の保雄さんというのは、先年亡くなった、すぐ下の弟さんだが、《女性に限る》という括弧《かっこ》の中の但し書きに、和子さんと私は笑ってしまった。生涯独身を通した人だったが、それほどの女嫌いだったのだろうか。――私の胸がひんやりと冷たくなったのは、次の一節を目にしたときだった。――《どこで命を終るのも運です。体を無理したり、仕事を休んだりして、骨を拾いにくることはありません》――これだけ、前後の脈絡なしに、ポツンと三行書かれているのである。この書き置きは、向田さんが最後の旅に出かける前に書かれたものではない。その何年も前に、向田さんはこれを書いている。旅行好きではあったが、海外へはせいぜい年に一度か二度という人だった。普通の人が、走り書きとはいえ、こんなことを書くだろうか。仕事を休んだりとか、骨を拾うとか、向田さんのそれから何年か経っての死とのあまりの暗合に、私はほとんど声を失っていた、これはどう読んでも〈事故〉の情景である。〈骨を拾う〉だって、とても比喩とは思えなかった。――奇妙な〈予感〉というのは、ほんとうにあるのだろうか。私には、家族への気遣いや、猫の将来への心配りが、忙しく書き列《つら》ねられている文章の中で、この三行だけが、いやに冷静で、孤独に思われてならなかった。――独楽が、ふと立ち止っている。

二つの独楽

　夕暮れの幻の中に、もう一つの独楽が現れた。その独楽は、鮮やかな朱赤に彩られた独楽である。その色は、たとえば夕焼けの中に佇む、尼僧の誇らしい袈裟《けさ》の色である。それが勢いよく回りながら、向田さんの独楽に近づき、寄り添った。

　瀬戸内寂聴さんの『場所』（新潮社）を読んだ。七十九歳になった寂聴さんが、生れてから今日まで住んできた多くの場所を歴訪して、かつて自分の下にあった大地を踏みしめてみるという話である。四国の〈南山《なんざん》〉〈中洲港〉〈眉山《びざん》〉、束の間の〈名古屋駅〉、京都は油小路《あぶらのこうじ》三条、東京へきて〈西荻窪〉〈野方〉〈目白関口台町〉、そして〈本郷壱岐坂《いきざか》〉——寂聴さんの〈場所〉は、そのときそのとき、定まらない点のように飛び交い、八十年近い歳月を経て、ようやく一つの線になって静まろうとして、なお千々に乱れる。〈場所〉によって確かに繋《つな》がれながら狂奔する寂聴さんの人生は、そのまま〈愛欲〉の歴史であった。裏切られて弾《はじ》かれ、一夜の男を組み敷いて息を整え、切れたはずの赤い糸を性懲りもなく結び直して体のバランスを保《も》ち直し——寂聴さんもまた、回りつづける一つの独楽であった。

「場所」は、その結構からすれば、年月の果てにかつての日々を思い起し、はろばろと来つるものかなと詠嘆して、ちっともおかしくない。寂聴さん自身の中にも、そうした気持ちがなかったわけではないだろうし、少なくとも最後の土地に立ったとき、そんな予定調和が目の前に現れる予感はあったと思う。ところが、最後の〈本郷壱岐坂〉の建造中のマンションの屋上に立って、寂聴さんは荒々しい鉄骨に凭《もた》れながら、この歳になってまだ騒ぐ体内の血の音を聴くのだ。――独楽は回ることを止めようとしない。《ふいに近づいてきた風が私の墨染の衣の袖をなぶり、掛けた赤い輪袈裟《わげさ》を吹き飛ばしそうにした。／あわててそれを両手で押さえこみながら、彼等のいる場所へ、いつになったら私はたどりつけるのだろうかと、風に訊《き》いてみた》――「場所」の最終章の最終節である。《いつになったら》は、願望に見えて、実は予定調和的死に対する、激しく誇り高い〈拒否〉なのだ。寂聴さんは、最後の一章を、連載を完結した後に、敢えて書き足したという。この部分は、言ってみれば〈独楽の永劫回転宣言〉である。だから、一篇に現れる男たちは、どの男も回想の中の男たちではない。力の漲《みなぎ》る筋骨を持ち、酒と汗の匂いを振り撒く生身の男たちである。彼らは平然と嘘をつき、力任せに女の中に押し入り、そのうちの一人は、冗談のように首を吊る。――私は「場所」を読んでいる間、艶《なまめ》かしくも懐かしい、かつての〈瀬戸内晴美〉という〈女〉と、ずっと向き合っていた。

向田邦子の独楽は、五十二歳で突然止まった。瀬戸内寂聴の深紅の独楽は、八十歳になろうとするいまも、呼吸《いき》を弾ませて回りつづける。それぞれの運命という人もいようが、向田さんの独楽は、やはり力が弱かったのだと思う。独楽の色を見れば、それがよくわかる。向田さんの独楽は、薄紅色と、儚《はかな》い水色と、瑞々《みずみず》しいレモンの色である。品よくきれいだが、迷子の後姿みたいに、痩《や》せて寂しい。それに比べて、寂聴さんの独楽は、輪袈裟の朱赤である。ふとすれ違うと、衣に薫《た》き込めたお香に交じって、〈性〉の匂いが匂ってくる。それが女の可憐な執念だとするなら、向田さんには、確かにその勁《つよ》さに欠けるところがあった。——けれど、この二つの独楽には、不思議に似通ったものが幾つもある。たとえば——《「おためしになりませんか」／ヘア・ウィグとよばれるかつらを並べた売場であった……ナイロン製二万円、人毛三万円からと聞いて、栗色の人毛のをかぶろうとした途端、左目に小さな痛みが走った。毛先が目に触れたのである。見も知らぬ他人の毛と思うせいか、痛みは髪とは思えぬ容赦のないものだった。おまけに中側に一筋、黒い毛から白髪に変る途中とみられるとうもろこし色の一本をみつけてしまった。なまじ人の毛はおぞましい。時子は明るい栗色のナイロン製を買い、頭にのせてデパートを出た》——向田さんの「りんごの皮」である。五十を過ぎて一人暮らしの女の、ある日常である。女は一週間に一度だけやってくる妻子持ちの男を、ぼんやり待っている。――《洗面道具をかかえたまま、通りの途中ですばやくあたりを見廻すと、知子は行きつけの銭湯とは反対の方向の小路へ、いきなり走りこんだ。……ビニールの風呂敷でつつんだ洗面器の中には、はじめからタオルで小道具をくるみこんでいて、こんな走り方の時でも、不用意な音をたてないように気が配ってあった。こういう行動をとりはじめてから知子の覚えた小細工だった》――こっちは、瀬戸内晴美の「あふれるもの」の冒頭の部分である。夫の目を盗み、女は銭湯へいくふりをして男に逢いに走る。男は電車で一駅ほど離れたところに住んでいる。年下の男の部屋へ駆け込み、女は忙《せわ》しなく唇を合わせただけで、もう帰らなくてはならない。風呂上がりを装うために、女は男の部屋で薬《や》罐《かん》にお湯を沸かし、それで顔と足だけ拭いて元きた道を走る。――一人は怠惰な中年女で、もう一人はまだ若いひたむきな女だが、目いっぱいなところで生きているという点で、二人はよく似ている。時間があり過ぎるのも、無さ過ぎるのも、女にとっては辛く苦しいことなのだ。そしてこの女たちは、どっちも人目を忍んで、息を殺している。

　この二つの文章を並べてみると、二人の女の乱れた息遣いに重なって、二つの独楽が激しく回っている音が聞こえるだろう。そして、やがて二人の呼吸が一つに揃《そろ》うのを、私たちは聞く。時子と知子は姉妹なのではなかろうか。〈後ろめたさ〉という名の〈血〉で繋がった二人は姉妹なのではなかろうか。——人は誰だって、胸の深いところに薄闇を抱いている。女にだってそれはある。覗き込むのが怖いから、知らない振りをしてわざと陽気に振る舞う女もいれば、怯《おび》えて目が泳ぎっ放しの女もいる。どっちにしても、後ろめたいからなのだろう。人を好きになってしまったそのときから、後ろめたさは生れる。俗に言われる許されない恋なら、殊更のことである。そして、それだけに独楽の回転は、目まぐるしく早くなる。——「場所」を読めば、瀬戸内晴美と寂聴さんの修羅の恋の姿が、手にとるように見える。行間から、髪振り乱した鬼面も覗く。それなら、向田さんはどうだったのだろう。「りんごの皮」の時子と、「あふれるもの」の知子が、血を分けた姉妹であるならば、向田さんの〈後ろめたさ〉が生れ育った修羅場は、いったいどこにあったのだろう。

さらに、もう一つの独楽

ずっと前のことだけど、恋人がいたの。プロのカメラマンだった。私その人の前では、誰も見たことがない顔をしていたと思う。いま、その顔をしてみろって言われても、できないわ。だって好きだったんだもの。その人？　死んじゃったの。伊豆で、事故に遭って——もう、三十年になるだろうか。向田さんからそんな話を聞いたことがある。

聞いた人によって、向田さんの話はまちまちだった。新聞社勤めの人と聞かされた人もいる。母一人、子一人の境遇だったと聞いた人もいるし、仕事で外国暮らしが多く、お互い忙しくてなかなか逢えなかったという人もいる。後に小説家になった人だから、相手によってその都度潤色してくれたのかもしれないが、いずれにしても、共通していたのは〈カメラマン〉という職業と、〈ずっと前に死んだ人〉ということだった。けれどその恋人のことだって、向田さんはあまり喋りたがらなかった。わざと作り話めいた話し方をすることさえあった。だから私たちは、そこに〈秘密〉の匂いを嗅《か》ぎとらずには、いられなかった。

例の〈遺書〉といっしょに、向田さんの〈恋文〉が出てきたと、妹の和子さんから聞いたときは、変な気持ちだった。けれど私が見たその手紙は、確かに向田さんの筆跡の、あまり恋文らしくない〈恋文〉だった。《外は雨、今日夜、和子が連絡のために手紙など持ってくるので、一緒にメシをたべて、あとはおとなしくホテルで仕事をするつもりです》《あなたも寒さがこたえているようですが、なんとか頑張って下さいな。ムリして、電話なんかかけに出かけないように。手袋を忘れないように。では又》《ゆうべは、ねむくて十二時でダウンしました。すべて、電気毛布の責任です。あれは、少々悪魔的なムードで人をねむ気にさそいますね。大敵です》――確かに〈その人〉宛てにはなっているが、どうにも色気のない〈恋文〉である。まるで友だちか姉妹に書き送ったもののようである。どれを見ても、今日は何を食べたとか、何を食べ過ぎたとか、そんなことしか書いてない。どうやら相手の人は、健康を害して寝ている生活を送っているらしい。向田さんは、忙しい仕事の合間に手料理を作って、その人の部屋へ届けているようである。慰め、励まし、一日も早い健康の回復を祈っている。――そんなお姉さんの、実りのない健気さが可愛いと言って、和子さんはまた泣く。

それにしても――と、私は首を傾げる。どうして自分が書いた手紙が、向田さんの手元に残されていたのだろう。相手の人からの手紙ならわかるが、こんど見つかった数通の〈恋文〉は、郵便料金不足で戻ってきたものではなく、向田さんの遺品の茶封筒から出てきたはずである。――それは、こういうことだった。相手の男の人は、昭和四十年ごろ亡くなっていた。病気が重くなってか、私が聞いたように事故でか、それはわからない。ある日、その人のお母さんという人が現れて、遺品の中にあったこの手紙類は、自分が持っているよりも、あなたが持っていて下さる方が、息子も喜ぶと思う。そう言って、お母さんは向田さんに、いまは哀しい〈恋文〉を返したらしい。いまから三十年も昔の話である。その人も、そのお母さんも、そして向田さんもいなくなってしまった。

そのころ、向田さんの独楽には、もう一つの蒼褪《あおざ》めた男の独楽が、寄り添うように力なく回っていたわけである。その独楽は倒れた。向田さんの独楽は、それから十年余りも、独りで回るしかなかった。

　向田さんとその人が出逢ったのは、向田さんが映画の雑誌の仕事をしていたときだという。向田さんが二十三、四のころである。長い長い〈秘密〉だった。それは、最後まで〈後ろめたい〉恋だったのだ。その苦しい思いは、テレビドラマの脚本や、小説の中に現れる〈女〉たちの、呟《つぶや》きや、目の色や、声に乗り移って現れた。――そして、ここで向田さんの女たちと、寂聴さんの女たちが、熱い手を結ぶことになる。瀬戸内寂聴―向田邦子―独楽―三題噺《さんだいばなし》みたいな組合せを、更に何かで括《くく》るとすれば、それはたぶん〈女〉ということになるのだろう。夏は女の人の声が美しい。艶《つや》があって、張りがある。先だってお会いしたら、寂聴さんの声はとりわけ円《まろ》やかで色っぽい。そう言えば向田さんの声も、甲高いくせに澄んでいた。夏空から降ってくるような、気持ちのいい〈女〉の声だった。

　今日の最後の光が、古簾《ふるすだれ》の合間に消えていく。今際《いまわ》の刻《とき》まで、うっすら残るのは鬱金《うこん》の色である。仄《ほの》かな鬱金が薄闇に沈んで、私の部屋は夜になる。それなのに、私の独楽たちは、見上げる天井の隅で、いつ止まるとも知れず回りつづける。

後悔

そのころ母は七十をとっくに過ぎていたと思う。普通ならいつ死んでもおかしくない歳だから、周囲は話題の中に〈死〉という言葉が紛れ込まないように、気を遣ったりするものだが、私の母にはそんな気配がまるでなく、私たち姉弟は平気で母の前であの人が死んだ、この人も死んだと話していたものだ。実際そのころの母は、一人で新幹線に乗って御《み》影《かげ》の実家を四、五日訪ねたり、伊豆辺りの温泉巡りをしたり、この先いつまで生きるつもりだろうと恐れられていたほどだった。母が生れた明治三十三年と言えば、十九世紀最後の年である。母の野望は、二十世紀を生き抜き、二〇〇一年まで頑張って、足掛け三世紀にわたって生きることだった。そして私たちは、誰もその記録達成を疑っていなかった。

母は大正のころ、女高師で栄養学を専攻したので、昔の人間にしては物の考え方が科学的だった、生理学にも医学にも詳しかったし、電気関係の知識も豊富だった。けれどその反面、妙に迷信的だったり、死後の世界を信じているところもあった。

そういう面では、まるで非科学的なのである。たとえば、死んだらあの世で亡夫、つまり戦後すぐに死んだ私たちの父に逢えると信じ込んでいた。棺の中にお前たち姉弟三人の写真を入れてくれ。向うでお父さんに見せるから――と正気で言うのだ。いま考えると、ずいぶんなことを言ったと思うが、私はそのとき、死んだら火葬になって目も耳も口もなくなってしまうのに、どうやって父を見分け、声をかけて写真を見せるのか、だいたい先方にだって体はないではないか――と笑ったのである。母は納得がいかない顔で首を傾《かし》げた。私は更に言った。あなたの連れ合いは、五十をいくつも出ない歳で死んだのだから、あの世で対面するときは、年齢が逆になっているはずだ。それは可笑《おか》しなことではないか。――母はやっぱり、不思議そうな顔をしただけで、反論しなかった。

その母が、この二月に九十八で死んだ。暮れに風邪を引き、肺炎を起こして、新しい世紀を見ずに死んだ。――その半年ほど前、母が私に、あの世でお父さんに逢えないというお前の話は本当かと、私の耳に口を寄せて訊いたことがあった。二十年以上も前の私との会話を憶えていたのである。ずっと気にしていたらしい。私は泡を食った。みっともないくらい狼狽《うろた》えた。霊魂というものは決して滅びない、求め合ってさえいれば二つの霊魂はかならず出逢えるなどと、しどろもどろに答えた。

――母は小さく頷《うなず》いたような気もしたが、しばらくして、やっぱり首を傾げた。

病気の時間

病弱というほどのことではなかったのだが、私のすぐ上の姉と兄がそれぞれ一人ずつ、幼い年で小児結核などで死んでいたので、母が極端に神経質になってしまい、私は小さな咳一つすればもう近所の医院へ抱いて運ばれるといった育てられ方をした。近くの神社に縁日の屋台が出ても、黴菌《ばいきん》がいるというので何も食べさせて貰えなかったし、東京にめずらしく雪が降っても、窓ガラス越しに近所の子たちの雪合戦を眺めているだけだった。鍛えないから弱くなる。実際、小さいころの私は、ちょっとしたことでよく熱を出したし、お腹《なか》をこわした。そうすると、とにかく寝かされる。だから、私の幼時の記憶は、あのころの重く湿った布団《ふとん》の中で見たもの、聴いた音、考えたこと――そんなことばかりである。たとえば、私が寝ている六畳の窓の外に三本あった金木犀《きんもくせい》は、秋の長雨のあとに激しく匂うことや、縁側の脇に密生していた木賊《とくさ》が風に鳴る音は、母が米をとぐ音に似ていることを、三、四歳の私は、まるで長い人生の果てに病み疲れた老人のように、しみじみと感じていたものである。いまから五十年も昔の話である。

ひとりで寝ていると、怖いことがいっぱいある。本当は三十分ぐらいのことだったのだろうが、母が夕飯の買物に行っている間がずいぶん長く感じられた。冬などは、ちょうどそのころ日が暮れる。あのころのことだから、町に車の音などほとんどない。勤め人が帰ってくるにはまだ早く、遊んでいた子供たちが家に入ってしまうと、辺りはちょうどそこだけ暗い穴みたいにいやに静かになる。すると、それを待っていたように、かすれた尺八の音が聞こえてくるのだ。あれは私のところへやってくる。母がいないのを見すまして、私のところへやってくるのだ。あのころ、子供心に怖いものはいろいろあったけど、虚無僧《こむそう》ほど怖いものはなかったと思う。〈虚無〉などという言葉、もちろんそのころ知るはずがないが、あの尺八の音はいかにも〈虚無〉だった。虚無僧は梵論字《ぼろんじ》とも言うそうな。この言葉の響きも薄墨色の鐘の音のようで寒くなる。梵論字が角を曲がって近づいてくる。まっすぐ病気で寝ている子のところへやってくる。あれは、どうして逸《そ》れて他処《よそ》へ行くということがないのだろう。——虚無僧は何処から来て、何処へ行く。私は布団をかぶった闇の中で、尺八が家の前で立ち止まり、ひとしきり啜《すす》り泣き、やがて遠ざかるまでの長い長い時間、そのことばかり考えていた。虚無僧というのは、いったい何なのだろう。病気の私には、それが迷いに迷った人の、灰色の魂のように思われるのだった。

熱っぽい体で寝返りをうつと、枕元の水薬の水面がかすかに揺れる。黄色い電燈の光に染まって、水薬はこの時間、いつも薄い蜜柑色だ。廊下の向うの台所で母が夕飯の支度をする音が聞こえる。茶碗が触れ合う硬い音と、冷たそうな水の音。こんなとき、どうしてか母が遠い遠い人のように思えてくる。御飯の支度が終わったら、そのまま何処かへ行ってしまいそうで怖くなる。けれど、呼んでもきっと私の声はとどかない。私はこうして寝ているしかないのだ。高い熱を出している子の気持ちが昂ぶらないように、四十ワットの電燈には紫の風呂敷がかけてあって、私の部屋はぼんやり薄暗い。西の隅の四尺幅の仏壇の上、欄間にかかっているのは天皇の御真影である。夕闇の中で、私はいつもその人と目が合ってしまう。写真の人は決して目を逸らさない。怖くなって逃げるのは、いつも私の方だった。けれど、しばらくすると吸い寄せられるように、また見てしまう。病気がちな私は、そうやってだんだん、その人と親しくなっていった。

熱の高い夜は、見る夢だって怖かった。それは多分、私が生まれる前の夢である。

私はまだ手も足もない妙に軟らかな物体で、もどかしいくらいにゆっくりと蠢《うごめ》いている。私を包んでいるのは、途方もなく大量のぬるぬるした液体で、私はその底で何かをただ待っているのだった。何も見えないが、何処か遠くで遠雷のような音が聞こえる。あの音がもっと大きくなったら、何かが起こるのを私は知っているようである。この不自由からは早く解放されたいが、と言って、あの音に近づくのは、とても怖いことのように思える。と思っているうちに、芋虫のような私の体が突然何かに揺すられるように動きだす。まだ知能とも言えない知能で私は混乱する。私は、このまま生まれてしまっていいのだろうか。

　いまの子たち、いまの病気の子たちは、清潔な寝具にくるまれ、白く明るい部屋で、すぐにやってくる恢復を信じて眠っているのだろう。

所収

夾竹桃の花咲けば
『花迷宮』新潮文庫（１９９８）

陽炎小路はどこにある／虹児・華宵・夢二
『悪い夢　私の好きな作家たち』角川春樹事務所（１９９５）

麗子像の怪
「ｐａｒ　ＡＶＩＯＮ」ＳＤＣ出版部（１９８８／６）

山茱萸の秋
『飲食男女　おいしい女たち』文春文庫（２００６）

鉄路のほとり／久坂葉子
『昭和幻燈館』中公文庫（１９９２）

写真の女
『飲食男女　おいしい女たち』文春文庫（２００６）

消えた狂女たち／保名狂乱
『昭和幻燈館』中公文庫（１９９２）

口笛
『冬の女たち―死のある風景』新潮社（２００２）

草の子供
『銀座24の物語』文春文庫（２００４）

姉は血を吐く、妹は火吐く
『怖い絵』文春文庫（１９９７）

カタリ
『ベスト・オブ・マイ・ラスト・ソング』文春文庫（２００９）

女の死体
「クロワッサン」マガジンハウス（１９９８／６／10）

露地の女。
『嘘つき鳥』幻戯書房（２０１４）

駅の別れ
「週刊文春（鉄道会館広告）」文藝春秋（２００４／11／４）

ある余韻
「エル・ジャポン」タイムアシェットジャパン（１９９１／７）

猫坂
「イマーゴ」青土社（１９９０／12）

煮凝
『飲食男女　おいしい女たち』文春文庫（２００６）

女の名前に夢を見る
「ＤＡＮＳＥＮ　男子専科」スタイル社（１９８８／４）

都々逸な女たち
「星座―歌とことば」かまくら春秋社（２００６）

「化粧」
『黄昏かげろう座』角川春樹事務所（１９９８）

おでん
『飲食男女　おいしい女たち』文春文庫（２００６）

独楽ふたつ――向田邦子の恋と死
『私があなたに惚れたのは』主婦の友社（２００２）

後悔
『薔薇に溺れて―死のある風景』新潮社（２０００）

病気の時間
「自由時間」マガジンハウス（１９９１／６）

おことわり

本書の一部に今日の社会的規範に照らせば差別的表現、あるいは差別的表現ととらえられかねない箇所が見られますが、著者にそのような意図がないこと、作品全体として差別を助長するようなものではないことから原文のままとしました。

協力　久世朋子
編集　杉田淳子（go passion）

久世光彦　くぜてるひこ
一九三五年、東京生まれ。演出家、テレビプロデューサー、小説家、作詞家。「時間ですよ」「寺内貫太郎一家」「ムー」など伝説的なテレビドラマを手掛ける。『蝶とヒットラー』でBunkamuraドゥマゴ文学賞、『聖なる春』で芸術選奨文部大臣賞、『蕭々館日録』で泉鏡花文学賞受賞。その他おもな著作に『昭和幻燈館』『一九三四年冬―乱歩』『向田邦子との二十年』「マイ・ラスト・ソング」シリーズなど。二〇〇六年、虚血性心不全のため死去。

「女」のはなし

二〇二一年三月二〇日　初版印刷
二〇二一年三月三〇日　初版発行

著　者　久世光彦
発行者　小野寺優
発行所　株式会社河出書房新社
〒151-0051
東京都渋谷区千駄ヶ谷2-32-2
03-3404-1201［営業］
03-3404-8611［編集］
http://www.kawade.co.jp/

組　版　株式会社創都
印　刷　株式会社亨有堂印刷所
製　本　加藤製本株式会社

ISBN978-4-309-02951-1　Printed in Japan